第二辑

在阳光里飞翔

ZAI YANGGUANGLI FEIXIANG

王凤国 著

诗与我同在。我创作，是因为我有诗意的幻想。在诗作里，你或许能找到我对爱的依恋；我对生命的考量；我对祖国山水的认知；我对历史名人的评判……凡此种种，爱恨情仇，悲欢离合，酸甜苦辣，都与我同在。

黄河出版传媒集团
宁夏人民出版社

图书在版编目(CIP)数据

在阳光里飞翔／王凤国著. —银川：宁夏人民出版社，2015.12

（灵武文丛／孙志强主编）

ISBN 978-7-227-06211-0

Ⅰ. ①在… Ⅱ. ①王… Ⅲ. ①诗集—中国—当代 Ⅳ. ①I227

中国版本图书馆CIP数据核字（2015）第310727号

灵武文丛

在阳光里飞翔 王凤国 著

责任编辑 姚小云
封面设计 伊 青
责任印制 肖 艳

黄河出版传媒集团
宁夏人民出版社 出版发行

地　　址 银川市北京东路139号出版大厦（750001）
网　　址 http://www.yrpubm.com
网上书店 http://www.hh-book.com
电子信箱 renminshe@yrpubm.com
邮购电话 0951-5052104
经　　销 全国新华书店
印刷装订 宁夏精捷彩色印务有限公司
印刷委托书号 (宁) 0000089

开本 880mm×1230mm 1/16
印张 13
字数 150千字
印数 2000册
版次 2015年12月第1版
印次 2015年12月第1次印刷
书号 ISBN 978-7-227-06211-0/I·1588
定价 36.00 元

总　序

中共灵武市委书记 

为了展示近年来灵武市的文学创作实绩，市文联的同志经过辛勤的工作，整理编纂了第二辑《灵武文丛》，这是一件很有意义的好事，也是全市精神文明建设的一件大事。

文学的本质就是“充满劳绩，但仍然诗意地 / 栖居在这片土地上”（海德格尔语）。灵武是中华民族远古文明的发祥地之一，也是一座历史文化名城。在这片土地上，曾留下唐太宗李世民行吟的身影，也曾留下康熙大帝的“历尽边山再渡河，沙平岸阔水无波。汤汤南去劳疏筑，唯此分渠利赖多”的豪迈辞章。深厚的文化底蕴点燃了一代又一代人的创作激情。特别是新时期以来，可谓硕果盈枝，人才辈出。据我所知，全市现有中国作协会员、宁夏作协会员、银川作协会员近四十人，在我区文坛上，算是较大的群体。文学创作势头喜人，出版了近百部个人文学专著，涌现出了查舜、季栋梁、杨森君等一批在区内、国内都有知名度的作家、诗人，也涌现出王学江、王佩飞、俞学保、杨贵峰、刘京……一批具有很强创作实力的中青年作家，获得了多项区内、国内文学奖项，为我市争得了荣誉，为建设文化灵武做出了积极的贡献。这辑《灵武文丛》，是我市文学界再一次集体成果展示。其中有老骥伏枥、雄心依然的杨东刚的长篇小说《我爷爷失踪之谜》；

有文思泉涌、诗意盎然的中年作家杨云才的诗歌评论集《灵州诗韵》；有文才飞扬、意到笔随的王凤国的诗集《在阳光里飞翔》；有文笔天成，唯美致性的青年作家陈丽娟的散文集《点滴之间》；这四部作品是从十多部文集中筛选出来，代表了近年我市文学创作的成就。事实证明，文学创作越繁荣，灵武大地就越充满魅力。

经济是形，文化是神，抓不好经济没有地位，抓不好文化没有品位，这已成为全市有识之士的共识。只有形神兼备，才是一个完整的，富有生命力、竞争力的城市。在追求经济快速发展的同时，市委、市政府在今后的工作中将进一步加大投入力度，积极扶持文学创作，为作家朋友们提供尽可能多的帮助，让他们以更加饱满的热情，更加睿智的头脑，更加高尚的情操为灵武的文学艺术繁荣做出更大的贡献，力争把灵武的文化品位提升到一个全新的层次。

日出江花红胜火，春来江水绿如蓝。我相信，在这个美好的时代，在灵武这一方热土上，我们的作家必将大有作为，赢得更高的声誉。我也特别希望我们的作家、诗人朋友们立足灵武，放眼世界，坚持方向，扎根生活，贴近群众，努力反映多姿多彩的现实生活，充分表现人民群众昂扬向上的精神风貌，创作出更多更好的文学艺术精品，努力把灵武的风土人情，灵武的建设成就宣扬出去，让灵武声名远播，八方来客，提升灵武的综合竞争力，实现灵武的更大发展，为建设“市强、民富、家美”的美好新灵武做出新的更大的成就。

是为序。

目录

第一辑◎爱情的伤痕

第二辑◎历史的启迪

第三辑◎旅途的忧思

第四辑◎尘世的记忆

第五辑◎思想的碎片

第一辑◎爱情的伤痕

关于爱

一

就像一粒种子
藏匿于土壤的缝隙
吸吮着大地的营养
我相信，我对你的爱情
就是这样贪婪。破土而出
那是必然的结果。而等待
也许是漫长的，焦急的
但是你决然能看到爱的嫩芽

是的，就像一粒种子
绝没有声响。有的只是静默、苦痛
勇敢冲破重压的孤独。还有
那片刻间出人意料的惊奇
不经意间，你看到那路旁吐露的
绿苗红花，就是我对你最真实的表白

二

对于爱，我一再地这样感受——
就像一场被遗弃的风
在一个幽深的山谷独自悲吟

对于爱，我也许理解得太过沉重
一场风，一片落叶，一根断木
都会让我想起爱的断裂

这样的早晨，我就看到一名女子
在街口的风中，她怀抱着死去的丈夫
诅咒着上苍的刻薄寡恩
诉说着爱情的吝啬无情

她撕裂的声音我无法消受
她半掩的面容我无法正视
她淋漓的泪水
突然淹没了我灿烂的天空

站在爱情的场外
我这个忧伤的观众
就常常这样看得失魂落魄
就常常这样看得惊心动魄

三

就像天空在遥远的角落
藏匿了一片云
一种暗涌，不可抵消
一种等待，蓄谋已久

也许就是明天
扑向你的是倾盆泪雨
还有那惊天动地的表白
只是你，绝不能逃避受伤的结局

是的，你不能逃避
就像暗夜被晨曦撕开了明亮的口子
在你的心上
一定会留下深深的滴血的印痕

给 Y

纵然命运是一场暴风
在我默默等你的街头
撕痛我头颅上的每一根神经
甚或剥去我身体上的每一片皮肤

可是，我依然会睁开流血的眼睛
纵然命运是一场暴雪
在我追寻你的路上
埋住了我鲜血淋漓的双脚
甚或裹住了我筋疲力尽的身躯
可是，我依然会仰起干裂的嘴唇
呼唤你温情的名字

纵然命运是一场暴病
在我歌唱你的时候
折断了我打量你的目光
甚或撕裂了我早已嘶哑的喉咙
可是，我依然会支起心灵的耳朵
聆听你微笑的声音

今夜无眠

又是一个阴雨的夜晚
黑暗挡回了我所有的目光
在巨大的虚空里，一片死寂
只有我的想象在厮杀——
我爱的人还在爱着我吗

爱我的人我还能爱吗
爱情，就像一面兵符
被分放在了两个不同的地方
各拿一半的人，都有痛苦

我的痛苦，我甘愿领受
我爱的人的忧伤，我也甘愿品尝
也许我只能在想象里结草衔环
也许我只能背负旷日持久的恨怨

爱，是风险最高的买卖
呕心沥血地付出，也不一定有回报
我知道，有一个姑娘
她永远也收不回投入的成本

上帝啊，我该不该向你忏悔
今晚，我的灵魂
你安放在了几个地方
在想象里，我拼杀得筋疲力尽

回　村

很惭愧，村子里的许多年轻人不认识我

村口，一群孩子正在玩耍
看到我，提着个手提电脑
痴痴呆呆地瞅着

一个怀抱孩子的妇女，站在路口
我敢肯定，她也瞅见了我
但她忽然，拐进院子，不见了
（那是我曾经爱过的一位姑娘啊）

站在村口，泪水像流放的诏令
突然颁布，我怎么也来不及收回

记　忆

电影开演了，坐在我左边的是一位老头
坐在我右边的是一位姑娘
我好像不是来看电影的
我把那姑娘的手拉在了怀里
就像是在拉着上帝的手
姑娘很沉静，眼睛看着屏幕
头靠在我的肩上，后来就斜在了我的怀中
就这样，我们看了一场电影
散场了，我们没有走回去

假 想

偶尔来到这座小城
毫无目的地走在这条街道上
突然假想碰到了你
我扑上去搂着你
吻干了你所有伤心的眼泪

这的确是我多年来的设想
但我不是一个不负责的人
我爱我的妻子，我的儿女
只是我越来越渴望得到爱情的安慰
虽然我老了，虽然我的心跳动得有些疲倦

转过一个街角，我发现有一位女子
真像你，尽管知道那不是你
但我还是追上去，还是看了看
我还是想记清当年的你，你的身影

这么多年过去了，一切美好的东西还在折磨着我
在街口的风里，我常常站到天昏地暗
我不知道在等什么

捉你来

此时，这块草地上
异常安静

你没有出现
可是，我倒是希望
你是一只善良的小鹿
正在这里张望
而我，就埋伏在这里
以我猎获你的那种念头

我当然不愿你死在别人歹毒的枪下
也不愿你死在一种恶毒的陷阱里
我只希望我慢慢地靠近你
将你活捉

捉来你
我养你一生一世
以我的所有财富
以我对你的唯一的爱
以我在神灵面前最忠诚的誓言

背　影

不错，影子是一个人一生抹不掉的记忆
是光阴里最深最重的伤疤
是你，以你颤动的影子
给我最残酷的惊扰
是你，以你优秀的影子
缠绕了我二十多年

道路上，看到一个女人的影子，仅仅是影子
我就想追上去，看个究竟
我害怕影子，又急切地想知道一个影子
那个影子里，我曾经进去过，而且还缠住过
至今，并没有完全走出来

我做了一个影子的俘虏
那个影子上，我最想画上我的心
鲜红的，哪怕滴着血
我会像一个孩子，扯着那个影子，护着那颗心
我也会泪流满面，哭得天昏地暗
我还会整天地对那个影子说一些话
说得嘴角流血，眼睛流血

真的，我无法否认背影的意义

比如我的母亲，我的女人，我的村子
掉过头，走掉，影子留在记忆里
想起来，就让人流泪，甚至流血

幻　想

这样的夜晚，我的幻想突然勃发
我真想你潜入我的天空
以你摄人魂魄的眼睛
偷走我的心

是的，这是我多年的愿望
我希望你能拿走我的忧伤
能让我的灵魂安宁
让我在这样的夜晚，安静地死去

对我的心，你可以做最幸福的处理
比如，你和自己的心穿在一起
比如你举起滴血的它，骄傲地说——
看，我赢得了一颗心

是的，就让我以这样的方式结束忧伤
对于你的爱，我早已放入心中

假如你想看，在一个幽深的夜晚
请你对它说，说起曾经说过的话
它会张开嘴，对你哭诉
然后，它会幻化成一朵花，鲜润地
印在你的脸上

今　晨

今晨，当爱情远离这个城市的时候
寒风低吟，声音悲怆
一只失恋的鸟刚刚死在窗下
我坐进晨光的怀抱里
痛得眼泪一直流淌
我的光阴
幽远而黯淡
举起一杯酒
我把一份心思加进去
喝得又苦又辣

这样的早晨
你的拥抱刚刚崩溃
我的爱情突然瓦解
逃离你的路上

我飞翔的眼泪，化成了云
铺在了我的天空

是的，这么多年了
对于失恋来讲，我好像刚刚发生
看见我忧伤的眼睛
你千万不要谈爱情的话题

窗　下

今夜，这是谁家的窗帘上
两个紧紧拥抱的影子
刚刚倒下。灯光熄灭
我的心
仿佛被时光突然掏空
一片茫然

远处射来的光
像明亮的刀，切痛了我的回想
还是这样的夜晚
我搂着一个姑娘，犯下了罪孽

这是我的苦痛啊

多年了，我不想说出
想起来，我就失魂落魄

夜

掏出一把钱
我对那揽客的姑娘说——
给我两瓶酒
之后，天空就摇摇晃晃了
买了醉
我就哭

夜比我还醉
低沉的天空
好像要倒下来
随后，夜就洒泪成了雨

我哭
天也哭
我们同病相怜
醉眼里，我抱着一棵树哭
好像抱着我的女人哭
一夜的冷雨

把一棵树浇成了泪人
把我也伤害成了泪人

这样的夜晚
我汹涌的心事卖酒的姑娘不知
城市的夜灯不知
坚硬的路面不知
只有我还柔软的舌头能知

希　望

我希望这是我一生的感觉
希望我拥你入怀的感觉
我给你最深一吻的感觉
我不能放你走掉的感觉

我的希望总是这样奢侈
谁说动情的事，我做不来
谁说爱情的话，我说不出
雨来了，我还抱着你，不想放开

就像干死很久的两条鱼
我们还在默默地等待一场雨

相濡的念想，多么强烈
滋润的感觉，多么舒畅

这个尘世里，我们都缺少感觉
比如你醉了颠倒这个世界的感觉
比如我追上一个女人幸福死掉的感觉
比如她突然坐在我的坟头泪流满面的感觉

我的希望就是这样
我抓住了一个人的手
绝不想放开
我深入了一个人的灵魂
我就想探个究竟

和你相拥的这种感觉
我真的希望是我一生的感觉

往　事

依然是这样的夜晚
星星在天上躲躲闪闪
小树在校园遮遮掩掩

这个时刻正好
我们的爱情正好在这里潜伏
我牵着你的手，就像牵着上帝的手
我搂着你的身，就像搂着一世的幸福

我们说着前世的话，也说着来世的话
只是今世的话，说得太少太少
两颗浪漫的心，从不看脚下的路多么坚硬
两颗热恋的心，只看对方的眼睛多么深情

这样的夜晚很多，整整一个季节
我们相拥的时间每一刻都很珍贵
二十多年后的今晚，我依然在那样的激情中
重温往事，重叙旧语

往事就是这样，我越是想忘却
就越是依依不舍地带进梦境

爱的记忆

曾在破旧的书册里
翻出一句话
品尝

那一丝甘甜的记忆

曾在忧伤的黄昏里
站成一座塔
眺望
那一个孤独的影子

曾在奔走的人流里
打量一个人
安慰
那一缕凄绝的相思

曾在挣扎的梦境中
剥开一颗心
收获
那一天撕裂的痛苦

曾在和你分别的所有日子里
把你画成一幅画
挂在光阴里
把你吟成一首诗
留在舌头下

曾在追寻你的所有道路上
我想站成一座山
拦住你一切远去的脚步

我想哭成一条河
淹没你一切逃走的想法

你不知的事情

你走了
远远的山头上
我站成了一棵树
千年的眺望
万年的等待
你不知
我不移

是的，你走后
我这棵树
雨打落了所有的叶子
风剥落了所有的皮肤
只是我的根还深深地扎进地下
我不能倒下，我等着你
等你最后的拥抱
并让这拥抱成为永远的风景

你走后

我想象的风景很美
当然，也很凄绝

桃花与我的爱情

桃花本与爱情无关
只是唐朝那个叫崔护的书生
将桃花与人面相对照后
桃花便是美人了
美人便是桃花了

后来，中国的书生就爱看桃花了
就爱看躲在桃花后面的那个美人了
桃花瓣粉里透红，真像美人的脸
这种化妆最佳，最有看头
人面躲在桃花后面，露一小半脸
这个角度最佳，最有情调

今年的春天
我摸了一片桃花瓣，温暖而鲜润
我看了看桃花，想到了爱情美好的一面
只是，桃花依旧
美人躲在桃花后面，不露面

是的，我和桃花照面的时候
美人的踪迹怎么也不见
偷窥的目光出发之际
我突然发现，桃花落了
花瓣一个一个的，随风走了
而此时，我的头发白了，白了

年年的春天，看过桃花后
我都这样问自己——
像我这样的书生
春天能不能给我点诱惑
桃花能不能给我点妄想
美人能不能给我点安慰

看　你

我一次又一次地想看看你
我总想把你看成一座山，一片湖
有些幽雅，有些深刻

许多的日子里，我却看到
你肤浅得不过如一只蝴蝶
在城市的灯红酒绿间飘来飘去

也许，你只是任性地从一座花园里溜出
却不慎和我有一世的牵绊
该怎么缠绵
注定让我反复地追寻

你依然飘来飘去
我依然兴尽悲来
但许多的时刻，另一只野蛮的蝴蝶
不顾后果地绕在你的身后

我看不透你
也抓不住你
方才，你划过一道美丽的身影
又消失得无影无踪

走近春天

我很少深入草地，很少抚摸花朵
此时，我正走向春天
一根流汁的青草，一只跳舞的蝴蝶
一对携手并肩的少男少女
都让我想到爱情
可是，我不想制造罪恶

我的目光还未深入爱情的深处
就已震颤不已，收了回来
我一再地相信，是上帝移开了我奢侈的目光
不允许我和你有一世的缠绵
在这弥漫着花香的黄昏
我反复地想着一段美好的往事
但始终不敢让一声花蕾的惊爆
错乱了脚步

安　慰

我无法安眠。我起得早
东边的阳光，慢慢地铺过来了
黑暗中挣扎的一朵花，渐渐地清晰
我发现，花瓣上挂满了大大小小的水珠
我陡然变得忧伤，我在想
黑暗里，花害怕过吗？花哭泣过吗
这些年，我总是这样，每次看到这娇艳的东西
我就担忧，我就哀伤，我就想凑过去
进行安慰
但是
风来了，我拦不回去
雨来了，我顶不回去

雷声来了，我也推不回去
我只能一再地看着她们
幻想、忧伤、忘情……

晨　光

这又是一缕唤起我忧伤的晨光
我不知道，生命从哪一丝气息开始
又从哪一丝气息结束
一轮骄阳，在我们的头顶飞翔
这样的时刻，我总是背过脸去
我不能让自己的目光跑在太阳前面
时光里，我曾经失去太多
爱情里，我曾经获得太少
我的悔恨我一生背负
道路上，我是一个孤寂的奔波者
我每日的行走，留不下一丝痕迹
我每时的爱恋，唤不回一个影子
此时，我还会站在街口的风里
我还会在许多的人影里寻找
我真的希望，有一个人能突然拦下我
能拥我入怀，吻我入情
哪怕就像这伤我肉体的风

我愿意天天接受
哪怕让我活得一世糊涂
有爱并为爱憔悴着
我愿意低低地赞美

清晨的打量

这个清晨，我握了握阳光的手
站在一朵花的面前
以一种迷惑的目光
打量着它的开放
我向来并不相信承诺
我看到的一切都太虚伪
果然，鲜艳的花瓣挂满了泪珠
和我看到的女子何其相似
面对她，我不懂给予多大的安慰
我张了张嘴，却没有惊动
我动了动手，却不敢擦拭
这样的打量有什么结果
我不能向你说个明白
我只是站在这里特别忘情
对一朵花，也是对一个女人
我一再地打量

又一再地背过身去，走掉
对这些美得凄绝的东西
我并不熟悉
生活了四十年
仿佛刚刚和她碰过面
只是我真想看清她的骨骼
真想看清她的魂魄

你　是……

你是道路上让我永远拦截的那个影子吗
是让我用企图死死缠住的那个名字吗

你是让我紧紧地搂着挨到天明的那个温柔吗
是让我一看到就魂不守舍的那个妩媚吗

你是让我放入行囊带走的那份牵挂吗
是让我保留在诗文里的那个意象吗

你是让我买醉后泪水淋漓的那份伤痛吗
是让寒风抽打我的那份心疼吗

你是含义丰富却让我难以诠释的那个思念吗

是日日进入我梦境里的那份美好吗

你是让我推出门去又牢牢抓进心里的那个存在吗
是与我一生命运纠缠的那个千年预言吗

你是我死后陪在我身边的那个鬼魂吗
是孩子们口耳相传的那个记忆吗

月　下

今晚月色正好
谁能携一支箫来
吹出一股清风
让我沐浴
今晚月色正好
谁能携一把剑来
舞一段诗情
让我享用

今晚，这些美好的东西
谁能带来
把我轻轻安慰
把我的忧伤统统逼走

月下无茶无酒
月下也不见嫦娥的身影
月下，我只是一个孤独的魂
谁能上前来，邀我共舞

月下的天地好空旷
只我一个人
身旁的小树已做好了掩护
谁能上前来，和我一吻

月下，应该发生一些美好的事儿
月下，不需喧哗，不需诡计
月下，还可以搂你的女人
很有情调地慢慢走过

多事的季节

这是一个多事的季节，我经不住诱惑
落叶流浪在风里，风里流浪着目光
我极力躲开挡住视线的叶子
苦苦地追寻你的踪影

所有的道路都太长

所有的目光都太短
所有的捕获都太难
所有的感情都太沉

这是又一个起风的日子
道路浮起在目光里
目光浮起在感情里
感情浮起在一段往事里

寻你追你，爱你恨你
半生的奔忙，一次一次地安慰自己
在这秋风里，我真的不知
我是在肯定自己，还是在否定自己
我是在幸福自己，还是在祸害自己

忏　悔

这样的早晨，我应该认真忏悔
一场雨洗净了城市的一切
远处的山，院子里的月季
还有记忆中的空气。一切都光鲜亮丽

这样的早晨，所有的灵魂都应该袒露

一切的图谋都不该掩饰，包括我的思想
我必须向世人坦白我的罪过
面对她，我许下了永恒的诺言
转过身，我留下了一世的伤痛

这样的早晨，我又一次站在街角的风里
我不知是否还在等待她的出现
滚滚红尘里，我搜寻的眼神
无法让肤浅的心思揣测明白

这样的早晨，阳光纯正灿烂
我忧郁的心情绝对正派，不存一丝邪恶
尘世里的爱、痛苦和无尽的期望
我都不能拒绝，就像此时的光阴多么真诚

我忏悔，我向许多的亲人隐藏了我的内心
我忧郁的眼神证明，我活在孤独的想象里
昨夜的风里，我的灵魂绝不在这个小城
即使有一天我死了，我的魂魄也会飞向远方

关于爱情

我太累了，关于爱情
我不愿意多说

过去了的一切都是命运
后来的一切都是思念

二十年的咀嚼
二十年的折磨
看到开放的花，看到又圆的月
看到路上走过的一对少男少女
我就忧伤不已

爱情是一枚不能品尝的果
时间是一段不能丈量的线
思念是一种不能测度的海
关于爱情，我只能说
像背负了一件沉重的宝物渡河
希望在疲惫之前
失望在疲惫之后

人生的迷障（组诗）

破碎如镜

我的爱情，已如打碎的镜子
无法给自己完整和平静

站在一切有光的地方
我总是会看一看我的影子
就像看一面镜子
破碎的事，我常常担忧

站在街市所有的橱窗前
我多想把一切的妄想
统统逼到死巷子里，出不来
可是，我总是做不到

许多日子，推开一扇窗
我的目光就突然枯萎

深寂如潭

潭边，谁能看出我内心有多么深寂
想到你，我就想做一场风
搅动你的心，搅动你一切的妄想
连同你心底沉睡千年的往事

我多想看一看，破碎的水面
会不会有情人心的涟漪
我很想看一看，岸边的小树
能不能倒进别人的怀抱

我多想你是一尾鱼
我看着你，游进我的视野
我甚至想看到你哭泣的表情
和你痛苦的心思

然后，我欣赏着，激动着，痛苦着
就像此时，在这清冷的潭边
我装得异常平静，可是有谁
能看出我内心多么狂悖

沧桑如山

就像这沉重而坚强的大山

我刚刚在一场风后，变得安宁

是什么，在剥蚀我残存的皮肤
连同我敏感的神经，我不安的魂灵
遥远的思虑里，我一再痛苦
隐秘的往事里，我几多惭愧

我总是如此疲惫，让大地背负
我总是如此悖谬，让时光虐待

有谁，能看出我千万年的沧桑
有谁，能说明我一辈子的妄想

悲怆如夜

此时，无名的妄想突然涌动
一种悲怆，如浓重的黑暗
包裹了我。我无法逃离

我仿佛看到你的表情
如五月的花朵，刚刚开放
又瞬间凋谢。满目苍凉

我轰然倒在灵魂走失的路上
眼睛流血，嘴角蠕动

手里紧紧攥着你最后的一丝体温

是的，是谁做了美好的错事
将我的魂灵搅扰得如此不安
却将肉体安放在了这个陌生的家里

时至夜半，我只有孤寂，依然深重
只有种种的妄想，依然膨胀
只有写诗的忧伤，依然泛滥

今晚，我与你相依而坐

其实，多少年了，总想和你坐一坐
快要腐烂的信笺，我表白的声音还在
我相信，许多的夜晚，你都能听得到
只是面对往事，我们都佯装得十分冷静

真的，我希望就像是当年
我还抓着你的手，紧紧按在胸口
在我的身体上，留下你生命的痕迹
在我的童话里，留下你芬芳的影子

是的，我不应该让一串眼泪

像子弹向我射来。我至今心口隐隐生痛
我希望罪孽如花凋落，如风逝去
我自己撕碎的日子，都能崭新如故

我还希望，你我经常坐一坐
我们幸福地谈起往事，不再有感情的纠缠
不再有结果的厮杀，也不再有灵魂的惊颤
只有今晚，我与你相依而坐的安全、温暖

自此以后，在我书写的所有诗行里
我不再看到忧伤的句子，像饥饿的虫子
啃噬我所有的时光。我苍白的夜晚啊
鲜花静静地绽放，你、月光和蝴蝶都来玩耍

一扇门

在惊恐之后，那一扇门是敞开，还是关闭
我不知今天，我这一缕柔情的目光，还能否打开
在一次又一次的假想中，我又度过了一个宁静的黄昏

我知道，爱情是一种完美的预设
你靠向我，连身边的那棵小树也相映成趣，一片爱意
面对你，我还能说什么，爱情是不计后果的

月光曾经柔情，柔情曾经热烈
树下，湖边，还有多个隐秘的角落
爱情和爱情以后的大胆预演，你我统统主演

可是，我终究成为了爱情的叛逆者
我由纯洁变得堕落，我因堕落又陷入忧伤的绝境
我曾经试图逃离，可又一再地沉溺于爱恋之中

坐在这黄昏时刻的椅子上，四周渐渐安静下来
我突然想，你我的目光进入了不再出来多好
但又想一颗心已经安睡，最怕惊动，最怕邪恶的风溜进

爱也许是一份自制的醉酒
自己品尝，自己沉醉，自己伤害
心也许是一扇人敲的大门
自己敞开，自己领受，自己忧伤

一片树林

当落日的余晖洒下，那一片树林还安静吗
我仿佛看到你如一只蝴蝶拐进了林中
其实我也想拐进去，就让我们在这安静的地方
做一回爱情的事情，以两颗赤子之心做一点真诚之事

真的，我渴望林子和目光一样深远，时间在这里停滞
我还想请求树上的那只鸟远远地守卫，只是不要制造惊慌
就让我们两个人大大方方地把两颗心挨得紧一些
就让我们两个痛痛快快地说出早已想好的话语

岁月流逝，我们都在不停地老去，一颗心不知还是否火热
可是此时，我真的想做点什么，也希望你也能够坦然接受
昨天的脚步声好像还留在这里，我好像还听得见
甚至你心跳的脉动我也能数得出。那是美好的记忆

今天，在这里，我还能不能再重复过去的缠绵
一颗心是一个爱的世界啊！总有人想走进去
我就是这样的人，但我一再地提醒自己，往事已矣
我不能再让你受到伤害，也让自己变得忧伤

走近林子，树梢上的两只鸟叽叽喳喳
似乎正在谈情说爱，我惊扰了它们
上帝啊，请你原谅！我不是缺少爱，我只是迷途的羔羊
只是在这宁静的黄昏里，巨大的忧伤伤害着我
我一再地幻想，谁能给予我更多的爱意，谁能把我搂到天明

麦地里

这是看不到边际的一片麦地，风刚刚休息
黄昏的宁静笼罩了这里，四周没有一个人
我和你走向麦地，去做一回爱情的制造者
坐在麦地的深处，秘密地敞开感情的门扉

金色的果实在向我们炫耀。是啊，我们能有什么果实
是爱吗？我只是抓住了你的心，你也只是抓住了我的心
我们的心可能贴得很近，思想可能贴得很近
想了多日的话今天在这里安安静静地说一说

晚霞披在我们的身上，好像也在为我们化装
生活里需要爱的沐浴。我们就接受这一天最后时刻的祝福吧
感情的果实我不敢说已经饱满。爱如这麦穗
需要不断地汲取阳光、空气、水和精心的呵护

此时，就让我们坐在这里。这里正好，幽静安全
这里的冬麦正等待收割。我们的爱情正待收割
今晚是一个机会。连星星也悄然隐去
一棵小树站在旁边，正好做一些没有安排的掩护

你就把想法说出来吧。我相信一切爱的话语都是洁净的
上帝啊，我应该接受这位姑娘的善良和坦诚

其实，所有的话已经多余。爱是无言的
默默的对视里，我看到你眼中爱的深度

你再一次地靠近我，我再一次地靠近你
雨忽然来了。这是一个意外
这里没有避雨的地方。你扑向我的怀抱
我们紧紧地相拥在一起，接受这上苍的垂怜

麦子安静着。此时，我感觉很好
麦地是隐蔽的，但你的心一览无余
我看过去，没有发现波澜。我惊讶
你安静得如一面白壁。我不该用疑问的目光打量

收割吧！我所爱的姑娘，请你举起勇敢的镰刀
把自己的一生幸福或不幸收割去
假如这爱的果实是瘦秕的，也让我们珍藏
回想必将成为我们时光里的甜蜜

第二辑◎历史的启迪

启 迪

——读《中国通史》

一个士兵，该放在什么位置
英雄也好，懦夫也好
凡正舞出的是刀光剑影
凡正唤来的是腥风血雨

历史，就在几只手的指挥下
像一匹脱缰的野马
在偏离轨道的方向上狂奔
路断了，还在风里跑

嬴政就是一位指挥家
王莽也是，李自成也是
善舞的大纛在空中划着
呐喊的声音今天还地动山摇

一辈一辈的英雄逝去了
只有几个名字还被人记起
有人在做着惊天动地的伟业
同时也可能在犯着不可饶恕的错误

历史有许多种走势
我们都不可预料
只是一条条阴险歹毒的计策
让历史一声叹息，让后人喋喋不休

命　运

——读古希腊神话《俄狄浦斯王》

整整一个上午，我只读了一页书
一种忧伤，是否也是对我的诅咒
我深深地被伤害着，无法释怀

在一些血淋淋的文字里
我一再地听到一条恶毒的咒语在狂笑
三千年过去了，也许还有三千年
厄运连连，世上究竟逃脱几人
悲剧种种，世间究竟上演多久

还有许多的问题，让我困惑——
俄狄浦斯王，为什么半路拦截
他的父亲，为什么不肯让道
俄狄浦斯王，为什么猜出千古谜语
千年女妖，为什么出题考人
一条咒语，世人为什么不能破除
人的命运，为什么掌握在神的手中

富有的国王，还是贫穷的乞丐
高贵的英雄，还是下贱的奴隶
善良的臣民，还是邪恶的罪犯
给俄狄浦斯王做出简明的结论
的确无法明断，的确有些困难

杀父娶母，也许太悲
领受真相，也许太惨
瞎眼行吟，也许太难
命运的诅咒，也许不该诅咒
尘世的荒谬，也许最为合理

一页书，几行字
深奥的哲理，总是隐藏得太深
我想了又想，好像看得出——
英雄，绝对是痛苦的凡人
命运，绝对是凡人的痛苦

荆轲刺秦

当高渐离击筑的声响起
易水冷起来了
燕赵大地上的风冷起来了
荆轲刺秦的那把匕首的光芒冷起来了
中国侠客文化的意蕴冷起来了
一股寒意，渗进了中华儿女的骨骼里
一股忧伤，弥漫于华夏书册的诗行里

刺秦是一种选择，不论对错
且不去管它。且看那英雄气
充盈于天地之间。气是一种什么东西
我们抓不住，但是我们能感觉，能听，能想
荆轲的身上有，项羽的身上有，岳飞的身上有
一些挺直脊梁的国人身上有

气就是最锋利的剑
就是最凌厉的攻势
中国人的骨子里，就缺少这种东西
所以，才有秦桧，才有洪承畴，才有汪精卫
气不一定能杀死人
但是足以让秦王目眩良久

气是热的，和血一样
只是它发出来后，渐生一股寒意
软弱的骨头接受不到
麻木的心灵感觉不到

陈胜的一名哥们死了

他死了，头颅滚落一边，像只皮球
大王愤恨的声音还听得见
“苟富贵，勿相忘”，这是天大的谎话
看到这，我才明白
权力是一种欲望
耕田的穷哥们，是多么的眷恋
尊严是一种象征
戍边的小卒，是多么的需要

的确，我还能听见
“鸿鹄之志”传扬的声音
也一再地惊叹质问“王侯将相，宁有种乎”的气概
也惊异地看到一名戍卒，登高一呼
如涛的怒声，摧毁了一个朝廷

陈胜王，陈胜王

陈胜已不是草民农夫
陈胜学会了玩弄诡计
陈胜学会了杀人立威

所以，陈胜的一名哥们死了，死得有点突然
他怎能向陈胜王伸手要东西呢
怎能说起领袖的个人隐私呢
瞧，高高在上的大王
睥睨的姿态，让无数的士卒战栗

所以，他死了

司马相如

听一位教授讲，你骗财劫色
我陡然一惊
两千年的千古美谈
就像一张美人面变幻出狰狞的嘴脸

果真如此，班固老先生被骗
一把真诚的刀
刻下的不该是高尚的灵魂
果真如此，历史被骗

叛逆的形象，原本是血泪的诉状

想当年，聪颖灵慧的卓文君
是怎样让爱情冲昏了头
以怎样的姿态扑进你的怀抱
又是以怎样的泪眼面对骗子的嘴脸

我想你是个风流才子
你的一手好琴打动了那位寡妇寂寞的心
私奔也好，勾引也好
爱情是不计后果的
你我都一样

可是，我还是相信了教授的分析
文艺明星，真的需要二百万钱
真的需要当垆卖酒的惺惺作态
真的需要皇帝老儿的几句炒作
至于绯闻、逃税、拍马、作秀……
都是你制造明星效应的策略

今天，我理解了
什么叫全方位的打造包装
什么叫历史名人

司马迁塑像前

在雨里，我看了许久
一场雨，洗去了你身上的许多灰尘
一些雨水，像泪水还在你的脸上流着
两千年过去了，我知道
你的心还在隐隐作痛

谁能闭口不说世间的公理
谁能悄然离去，不留下一丝愧疚
谁能背负难以启齿的屈辱
在滚滚红尘里，装作若无其事

为了父亲的一句遗言
为了一个男人的尊严
你没有接受死亡或堕落
而是接受了历史最庄重的选择

我相信，当你评判帝王将相的功过是非时
你一定仔细检验着他们作为男人的本色
他们骨头的硬度，他们血液的纯度
他们是否弯腰，是否屈膝，是否生就了媚眼

我相信，你的刀笔下，横竖曲直都测度过

你敢剥下任何一个人身上的许多荣誉
丈量他们灵魂深处最肮脏的地方，最阴暗的角落
然后暴露给历史，暴露给子孙后代

我想，当你把一车沉重的木简
吃力地抱在刘彻的面前时
你是挺直了脊梁的，并且傲视一切
而刘彻是弯着腰的，还垂头丧气

一部史书绝不仅仅是一部史书
那是一个男人的心灵史
也是一个民族的沉思录
两千年过去了，许多人还在解读

在雨中，我看了你一遍又一遍
我试图看透你身上的骨头有多硬
我试图看透你眼中的爱有多深
可是一些雨水，也许是泪水，模糊了我的双眼

在雨中，你昂着头，我也昂起了头
我闻到了男人的气息，与阉割无关
我看到了男人的尊严，与皇权无关
我悟到了男人的价值，与学问无关

陶潜务农

书生去务农，真好
扛一把锄头
扶一张古琴
抱一坛老酒
翻地锄草累了
坐在田垄边
喝几口老酒
弹一支名曲
然后喊几嗓子
大笑几声，再大哭几声
让泪水去浇灌中国文化
让笑声去滋养华夏儿女的感情
然后收获一些诗意的生活
包括几首填不饱肚皮的诗作

后来的人们读陶诗的不少
陶诗是一片夹进历史书册里的菊花瓣
淡淡的香气不散
陶诗是一坛修身养性的千年好酒
喝下去会见功效
陶诗是一支洗心革面的世代名曲
听几遍会重新做人

陶诗是在田边产生的
陶潜本不是真的要务农
一家老小，穿衣吃饭
为了五斗米，他也需折几回腰
可是，他的腰太直 折一回，他就痛多年
他再一次地辞官了
家，是他心灵永远的栖所
就像一只鸟，树是它永远的天堂

倘若今天他的锄头还在
那一定是一件文物
当然，拍卖会上，拍价一定不菲
还有他的琴，他的酒坛子
这些入诗的东西都很值钱
就是他锄的那几块地，也会很抢手
可是，那时他终究是太穷了
他的那片地，还未锄呢
他的老婆和孩子还等着庄稼熟了
吃顿饱饭呢

阮籍扪虱

阮籍身上的虱子真多
何以面对众多高士扪虱
阮籍的血好吮吗
他整日醉酒
胸中的垒块
需以酒浇之
虱儿们真不懂
难不成也想大醉不成

阮籍时常不醒
醒来就扪虱
识趣的不要惹他
他有许多怪癖
他可以去哭不识的亡女
他可以醉卧在猪槽旁边拱食
他可以在别人家的门上胡乱地写下“凡鸟”二字
他可以露头散发，裸袒箕踞
他动不动就裸奔，还说什么地是床天是裤

阮籍扪虱算什么呢
这是他的独门功夫
不像那些装孙子的道貌岸然

他本来也是有济世志向的
只是他用白眼看了那司马氏几眼
便闲来无事只好扪虱了
当然他有时也扪虱而谈
谈什么呢？凡正听的人摇头走远

其实，他说了
你们那些君子，都不过是裤裆里的虱子
逃于深缝，匿于坏絮，自以为吉宅也
他皱着眉，斜着眼，撇着嘴
狠劲地掐死一个个虱子
是多么快意的事情
那脆响的声音，让君子们听了
会惊得落了官帽

阮籍扪虱
成了中国文化一道独特的风景
读懂它
真不容易
读懂它
别有情趣

天宝十四载的杜甫

走在这条道路上，你很疲惫，很痛苦
拍拍肩膀，你身上没有背负行囊
可是你感觉十分沉重
前行的脚步迈得非常艰难
朱门的酒肉多香啊
路上的饿殍惊心啊

有时候，你真的想停下来歇一歇
想看一看那路边开放的花朵
看一看那花枝上飞舞的蝴蝶
你甚至想去做一只蝴蝶
即使没有心爱的伙伴

可是，你
你的奢望就是你的痛苦
你的痛苦就是你的行囊
你是一个回家的浪子
道路上，你努力地向前，向前

一个声音在呼喊：你回来吧！
你知道，那是心爱的妻子对丈夫的企盼
你知道，那是可爱的孩子对父亲的企盼
你知道，那是刚刚劝过你的一位老哥最后的箴言

可是，你还是想早早地赶往通向长安的官道上
你要以最真诚的一颗心，向君王陈述治国的方略

这条道路上，你不断地向前赶
你是回家的浪子，你离开得已经很久
在风雨里，你挣扎了许多年
在官场里，你扑腾了许多年
一双手臂，一颗心都已伤痕累累
可是，你没有高官，没有厚禄
甚至连块哄孩子的糖果都没有

今天，你还是没能带回什么礼物
你一无所有，只带着一颗心
你说，我的亲人啊，我其实对尘世的眷恋太多
是啊，你悯国难、痛民穷、不忘君
可是，这个只有奸佞才能得利的时代
所以你什么也没有得到，却是经常忍受饥饿

一进家门，一片号咷，你未满岁的幼儿刚刚饿死
你太穷了，只能把一切的痛苦都留在了诗行里
你心气太大了，早已把无尽的悲悯留给了中华民族
晨光升起了，你还会去风雨里挣扎，惊涛里拼搏
哪怕你是一只破旧的船，哪怕你找不到理想的彼岸
哪怕你带不回对孩子们丰厚的礼物，你毅然去奔忙
你是杜甫，永远揣着一颗心，一份爱
你是孩子们永远的诵读，是中华民族永远的铭记

韩愈被贬

这一刻，我完全可以这样设想
云横秦岭，雪拥蓝关
昌黎先生有些心凉了
他的老马将奋起的伤蹄停在了半空
也有些惊恐了
马背上的书箧似乎要跌落下来
毁灭这大唐最有名的文人
昌黎先生扬了扬了手，挥走了一片不识趣的雪花
终于忍不住落泪

是的，昌黎先生将中国文人的落魄
诠释得如此彻底
是的，昌黎先生和这些雪花一样不识趣
上什么《谏迎佛骨表》
君王的骨子里，只想佛祖保佑自己长生不老
什么劳民伤财，什么祸国殃民
那都不过是几个书生耸人听闻的鬼话
君王们才不理会呢

昌黎先生只有上路了
风雪裹住了他的脚步
悲哀侵蚀着他的灵魂

他无法测度赶赴潮州的路有多远
他只知沉重的心堪比这高峻的秦岭
当然，他必须翻越一个惊人的高度
翻过去，他才能将无尽的悲哀化成治国的良方
翻过去，他才能成为济世为民的好官
翻过去，他才能成为中国文化的巨擘
怀揣着爱、壮志、忍耐的心，他翻过去了

昌黎啊昌黎，贬是一种不幸，贬又是一种幸福
正是一贬再贬，成就了一代文宗
正是君王恩赐的苦难，成就了一世清名
看那潮州井，至今不毁
听那潮州话，至今拜你
昌黎啊昌黎，你字退之
退一步又何妨，进一步又何难

宋徽宗

错了，历史的选择
宋徽宗本该是去写字的，本该是去画画的
本该是去做大宋书画院的院长的
他那细细的心思，细细的笔画
即使能穿过细细的针眼

也不能缝补那大宋边关被撕裂的伤口

错了，他从父辈的手里接过
一份沉重的江山万里图
却无法做最彻底的防腐保护
他苦思冥想的，还是怎样把他的瘦金体写好
他殚精竭虑的，还是怎样把他的《锦鸡芙蓉图》画好
至于大宋王朝的最为紧急的边防图
他是怎么也不知该从何处画起

错了，他在那高高的皇帝宝座上
屁股还未焐热呢
敌人就打来了。皇宫里一片惊慌
他曾以英雄之气，发出最无力的命令
出征！他带着一群得了眩晕症的臣子出征了
他带着一群得了血晕症的士兵出征了
他来不及写完他最得意的那一行细瘦的字
就做了金人的俘虏

错了，俘他能做什么呢
他不过是历史一个错误的选择
大宋江山，早已不在他的手上
在那些一心想偏安一隅的赵构手里
在那些只想觊觎高官厚禄的秦桧手里
在那些只想看美女跳舞搂美女睡觉的官僚手里

错了，他受的冤屈不该如此大
在金人的大帐里，他连一只鸡也不如
他虚弱的几声要求，被视为鸡鸣虫叫
他哪里还有真龙天子的气象
可是，在后人的谈资中
他受着喋喋不休的指责
可是在民族的记忆里
他不如一只商店里出售的玩具熊
他心灵的伤口，和那边关的伤口一样
他缝不住，历史也缝不住

苏轼北归

苏轼听宣
一声诏令，惊得东坡先生一个趔趄

东坡北归了 这是多少年的心愿
东坡记不清了
君王的声音早已陌生
治国的策论早已发霉
一把老骨头早已打算埋在儋州

这条为官的道多么艰难

这颗为民的心多么沉重
东坡曾经立下遗嘱
唯愿孩儿愚且鲁
无灾无难到公卿
东坡说聪明是一种错误
东坡说正直是一种伤害
还有啥能让他眷恋着、奢望着
谁知这一声诏令，又将他从梦中唤醒

北归的路上
东坡遇见了被贬南下的章惇
听说坡公早已成仙
何期得以此处相遇
是啊，人生如梦
坡公自海外归来，定有神秘的传说

宰相之才，堪当大任
真是可笑，真是讽刺
多灾多难的坡公几乎被皇帝老儿遗忘
太后的一句话生效了
宋哲宗从历史的记忆中搜索到了苏轼这个名字
他疑惑地问：不是死了吗？权且宣诏

可是，坡公老了
他的目光如那风中摇曳的烛光

他的身体如那江上摇荡的小船
他经不起一路的颠簸
他踉踉跄跄，就像那大宋王朝的命运
他病了，死了
从此，中华帝国的朝堂上少了一位治国良相
从此，大宋君王的耳朵边少了一些警世通言
从此，大宋王朝也病歪歪地倒在了中国的东南

给李煜

一切的开始
和一切的结束
谁都无法预料
现实只是历史的某一节链条
而你是某一节链条上
蹩脚的舞蹈者

是谁，在斜着眼冷看
是谁，一副嘲弄的嘴脸
你舞得十分辛苦
泪水打湿了一页诗稿
满怀忧伤
且不管台下几人叽叽喳喳

你忘情地挥动着一支秃笔
在书写着性灵。带血的诗句
吟唱得淋漓尽致

一路跌跌撞撞，你走下台来
嘶哑的声音，依稀传出几句偈语
疯言疯语里，其实包含着许多真理
可惜没人能懂。且罢
让秋叶舞蹈，秋水呢喃

徐 渭

这里是几页书画，我正品读
笔墨恣肆，满纸狼藉
扭来扭去的笔画像一根根青藤
缠绕在民族的躯体上
我仿佛看到一个你至死也没有解开的死结
至今郁结着一腔怨气，弥漫画纸

我知道，你死了多年以后
有人发现了你，就像发现了一件宝物
有人忙着为你写传
有人宣布要做你门下的走狗

也有个外国佬，都是画画的
学你割下了自己的耳朵

只是后来的人大都缺少一些什么
比如苦闷、忧伤、愤懑、痛苦
比如才情、胆识、傲骨、狂气
他们绝不会和一条狗为伴
他们绝不会拿起利斧向自己的脑袋上砍去
他们也不会发狂杀死自己的妻子，入狱多年

后来的艺人都不像你生时无限寂寞
他们大都是艺术明星，绯闻不断
他们的身后跟着一群又一群的粉丝
他们可以拿自己的画去高声拍卖
他们有人富得一掷千金，甚至怀里还搂着美女

他们大都看不出来
你心中的一股郁勃的不平之气
你诗文书画弥漫着的苍茫之感
他们在世人的面前乖顺地像一头绵羊
他们喜爱低俗、淫秽和莫明其妙

你死了，一些嘴巴开始絮叨
（我这张嘴也嗫嚅了半天）
只是艺术，又少了一些血色

只是历史，又多了一些假象

李贽之死

李贽抹脖子了
他抢过侍者的刀
杀向了自己
也杀向了那个专制体制

这监狱冷漠无情的窗
怎能关得住他的思想
他失血的嘴唇
还在喃喃自语
他思想的声音一定要传得更远更远
他必须唤醒更多更多沉睡的灵魂

原来，人是多么愚昧和无知
被骗了一千多年
没有人想睁开眼看看这个世界
没有人敢找出生活的真相
没有人在沉沉的黑夜里一声呐喊
没有人让一道光芒点亮前行的道路
原来，孔老夫子也不过是凡夫俗子

原来，卓文君和人私奔是鸾凤和鸣
原来，反贼李逵杀了政府官员是真性情
原来，女人的头发长，见识也长
原来，原来有许许多多都不曾让人说个明白

他有一颗童心
他不过像个小孩，不会撒谎
他又像个战士，冲破了牢固的禁区
他夺下友人手中的酒杯，只是想浇心中的块垒
他发狂大叫，只是想惊醒那睡得昏死的同胞
他恸哭流涕，只是那个朝代让他无比悲愤

当然，古来圣贤皆寂寞
他孤军奋战
他知音难觅
他四处漂泊

他看到了太多的白眼
他的声音刚刚出发就被几堵墙拦了回来

他只有死了
恶毒的君王以思想罪逮捕了他
他怎能让那些身着儒服的猪狗咬死
他怎能让那些披着人皮的虎狼撕碎
他必须以自己的方式

结束他苦难的生命
他三日没有气绝
他死得惨烈

他死后，有一批人拿起了刀斧
勇猛地砍向了封建专制体制
有更多的人睁开了眼睛
从现实看向了未来
从中国看向了世界
从愚昧渐渐活得明白了

武松论死

我太累了，太累了
我舞动戒刀的左臂哪里去了
我的脚下，是一双哀求的眼睛
我的眼前，是一摊污浊的血水
我快意恩仇的事迹说出来多么阴暗

我非善类 我眉宇间的杀气太重
血溅鸳鸯楼的还有妇孺老少
血溅乌龙岭的还有贫苦兄弟
还有历史最不应有的对生命的蔑视

世人的颂扬让我惭愧
打虎、弑嫂，一切的杀戮
都是历史永远的悖谬和耻辱
我那两把雪花镔铁戒刀，绝不是英雄的标志
我那血性中透露着人间最可怕的野蛮

什么是侠肝义胆
什么是生死有命
那项上一串捻动的佛珠
昭示的应该是大慈大悲
可是，我只是一个假扮的行者
我的义气化成了浓重的戾气

我的罪恶历史清楚
六和寺里，超度的经声回荡
我手敲木鱼，手捻佛珠
可是我的耳旁啊，依然听到无穷的呐喊
死是何等的坚强，不屈的灵魂四处飞扬

不久，我会死去
和我的师兄鲁达，还有众多的好汉
我的魂魄归于何方
极乐世界里，我将何以自安
芸芸众生里，我留下万代的错误

我死了，世人啊，请不要颂扬我，学习我
我的名字，是历史书页中最沉重的字眼
每一颗善良的心灵，都不应该承载
我的枯坐，是我灵魂深处最执着的忏悔
世人啊，请面带微笑，手拈鲜花
让每一双眼睛一路歌唱，歌唱

悟空思过

这绝对是世上最惨烈的记忆
我身上背负的不只是六字真言
那是历史永远的沉重，永远的伤痛

五百年太久，太久
救苦救难的菩萨我等不及
大唐西行的高僧我等不来

为了我自由的天空
为了我舒畅的生活
我领受的到底应该是什么

天宫真的不该大闹吗
玉帝真的不该冒犯吗

一切的神权、君权不该像炼丹炉一样被推翻吗

世人啊，压在五指山下的
难道只是一个顽劣异常的孙猴子
自由呢？尊严呢？反抗呢

我敢说——
佛祖治的不是一种劣迹
菩萨救的不是一种劣性
唐僧收的不是一个劣徒

我敢说——
大山压的是一种挑战
佛祖赢的是一种淫威
世人受的是一种欺骗

诸葛言智

我真的是一名智者吗
卧龙岗上的那张柔榻上
我本该把心情养得恬淡而孤高
但一个姓刘的落魄皇叔
听了几句扑朔迷离的话

跑了几回寻求良策的路
说了几句野心勃勃的话
挤了几滴虚情假意的泪
便使得我呕出几升血来
染红了三国历史的天空

绝世奇策也好，乱世奸谋也罢
三国的千里大地上
我只见血肉横飞，白骨森森
我听得见扶老携幼的哭声
我看得到马踏尸骨的惨景
我甚至闻得到皮肉烧焦的气味
血泪书写的历史，我是执笔者吗
我写得心安理得吗

我真的是一名智者吗
我犯下的罪孽何等深重
六出祁山，五伐中原，七擒孟获
我每一个计策，都是一簇杀人的利剑
我每一个假想，都是几声历史的冷笑
真龙何在？神器何在
只有这满目的伤痛，像江河的流水不息
阴风烈烈，青灯摇曳
只听那遥远的哀号，像扑面的风雪不断

不，我绝不是一名智者

世人啊，在历史的书页上
更需要的是卧龙岗上散淡的身影
更需要的是渭水岸边抚琴的声音
更需要膝头弄儿，炉边夜话
相爱的人守着一世的幸福
而绝不是篡改历史的阴谋
绝不是血泪铸成的一世功名

姑苏台上，西施的诉说

是的，我爱的人
这一段分别的感情太沉重
你我背负得太久太久

当夜空没有了星星
当睡眠没有了梦景
也许思念的闸门就永远关闭

可是感情的河流还在延伸
睡梦里，你我呛得有些窒息
却依然牵着手，划着水

爱真的是一种挣扎吗

你我无法拒绝彼此的忧伤
你我无法拒绝带枷的舞蹈

面对拦截的恶俗
即使站在河对岸
相望的目光也会缠在一起

是的，我爱的人
没有什么让我们轻松相爱
那么，就让我们以一世的沉默
回击吴人喋喋不休的指责
包括伍大夫忠贞的咒骂

贾宝玉在雪地

那一夜，我奔走在雪地里
身后的城市离我远去
大片的雪花，轻盈、冰冷、纯洁
我感觉，我身体的皮毛、血肉、骨骼
全都化为乌有。只有灵魂
只有一团清气，在飘荡

这样的设想，其实已经很早

在城市，一些满身俗气的男人、女人
将满口的仁义道德
向我泼来时，我曾痛苦地闭上眼睛

我承受不了，我不是千秋大业的继承者
我只是一名读过几本充满谎言的经书的学生
我不明白权力是怎样的魔杖
我也不懂得怎样捞名、图利、玩女人、倾轧同僚

我只爱一个林妹妹，只愿和她谈情说爱
只喜欢张生追求崔莺莺，喜欢红娘牵线
可是，谁给我娶了一位富贵世故的姐姐
谁玩弄了我一世的感情

走在这样的雪地里
我听得见干干净净的声音
我听得见灵魂的翕动
这很真实，绝不是城市里的假象

多么自然，白茫茫大地真干净
树木隐去、花草隐去、山峦隐去
我背离了这个世界。当又一个世纪到来
烟雨迷蒙中，你绝不要去寻觅我的身影

和贾宝玉对话

宝玉，你好
宝玉，你堪破了世情，你出了家
什么泥做的骨肉，什么浊臭逼人
什么孽根祸胎，什么混世魔王
什么命根子，宝玉，家庭中兴的希望
这一切都没有了意义，你出了家
宝玉，我还在滚滚红尘里，我随波逐流
我有着太多的眷恋，我有着太多的无奈
昨天，我还在为一只蝴蝶设想爱情
我看不明天下没有不散的筵席
我看不懂周围的人一个个瞪着乌鸡似的眼
我看不破命运被另一些人攥在手心

宝玉，你还可以摔了你那通灵宝玉
你还可以跟几个姑娘厮混、调笑
你还有你心中的林妹妹知你、爱你、哭你
我没有玉，没有护身符，没有知我的心上人
我能摔什么呢？我能耍什么性子呢？我什么也不能

宝玉，我蜗居在心灵的斗室里
我也读西厢，但我做不了张生
我也读四书五经，但我练不出叛逆性格

我是一个俗人，我不配成为一个形象

宝玉，你发疯，你能率性而为
我也发疯，但只能在心里，我没有作为
我佩戴在心中的是一块巨大的石头
我活得疲惫不堪，我卸不下心中的重负
我甚至没有奢望心灵得到安慰

宝玉，还有几位高士同你去，携你走一遭
我坐在这里，荒凉如同大雪覆盖

四妹妹的青灯没有，木鱼没有，偈语没有
我参不透人生，我还想着做梦
梦醒了，我更加忧伤，我更加做梦

宝玉，你能抛弃你爱的一切和爱你的一切
你能走向白茫茫大地，干干净净
你做人没有彻底失败，还找到一片乐土
而我不能，我已经遭受太多的污染
我六根不净，法眼不开，佛理不明
我只能匍匐在上帝的脚下，说——
主啊，饶恕我，我有罪

宝玉，你好

林黛玉

说什么木石前盟
说什么前世的灌溉，后世的还泪
说什么心有灵犀，似曾相识
说什么心心相印，长相厮守，

命运注定你的不幸，不幸注定你的命运
停机德有什么用，咏絮才有什么用
你吟出几句诗来又能让谁垂怜
秋风扫落叶，你去葬花，已经注定是去葬你

呕出几升血来算什么，富人的眼睛里
是看不出血泪的，是看不出亲情的
他们眼里，只有黄金白银
他们心中，只有名利地位

宝哥哥是爱你，可是宝哥哥呢
他也只不过是老爷太太们手中的一张牌
牌打出去，是要回报的
你不懂，偏要以眼泪来赌输赢

你的身体越来越憔悴，你的心灵越来越干涸
几句慰藉的话，也难以听到

到头来，你还是一株要枯死的小草
谁又能用一瓢水来浇灌你呢

还是你的宝哥哥吗
宝哥哥呢？宝哥哥在拜天地呢
此时，老太太们早已忘了自己的孙女
老太太们的眼里，看到的是她们的命根子

黛玉蹙眉

舒眉是一种心情
蹙眉也是一种心情
在秋风向落叶袭来时
你学会了蹙眉看世界

你时常对着门前的瘦竹发呆
你时常对着园中的落英出神
你时常对着窗头的冷月凝思
你也时常对着你的宝哥哥失魂落魄

姐妹们说你尖酸刻薄
姐妹们不懂得蹙眉的深意
姐妹们只是劝你好好吃药
姐妹们还说读《西厢》是犯禁

可是你还是将一弯眉毛蹙成刀剑
蹙是一种哲学
病痛中，你以旁观者的眼神
看出了这个世界的无比惨烈

所以，你去大观园葬花了
所以，你去秋风里哭鼻子了
所以，你偎在一张病榻上吐血了
所以，你将一生心血凝成的诗稿扔进了火盆

一生有泪，这是你生的哲学
一世吐血，这是你死的哲学
你活着，搅乱了那个散发着霉味的庭院
你死了，惊坏了那个高唱着中兴的群体

第三辑◎旅途的忧思

老龙潭

柳毅何在？龙女何在
一潭的清水看不出什么神秘
我是一名凡人，我没有法眼
在世俗的爱情里，我做了一名背叛者

站在潭边，我真想跌倒在地
我真想饿昏在地
我真想不经意地扑向你的怀抱——
这样的举动，常常会赢得一世的爱情

我来了，当然不是为了爱情
但是在爱情的地方，我也不会错失良机
柳毅传书，我不想以僵硬的文字表达心意
我只想拥你入怀，静静地体会一种爱意

可是我做不到，我不是多情的书生
在爱情的旋涡里，我早已伤痕累累

我得不到钱塘君的千里牵线
我只能在这潭边的秋风里站到天昏地暗

潭水南去，昏鸦乱啼
群山的影子遮住了我的身子
我站在我的包围里，一种感情无法突围
同行的伙伴一再地叫我，我不知怎样离去

崆峒山道上

这千百层的石阶
从脚下一直伸到半空
我只能仰望高高的殿宇了

就像一个隔世的婴儿
我睥睨着山上的一切
心中不存在敬畏或漠然

山道上，一位兜售假玉佛的姑娘
缠住我，喋喋不休
我看不上，也不想留下什么

我不信上帝，也不信佛祖

一切的土偶木梗。都他妈的见鬼去吧
我只是来登山的

一个邋遢的道人让我抽了一支上上签
还要让我上点香火钱
我摸了摸了口袋，虚假地做出慷慨的举动

我不乞求什么，我傲然地对同伴说
铁索上有多少长命锁
就锁住多少飞翔的灵魂

我看不透道人，道人看不透我
我一再地背叛今世的来意
又一再地亵渎来世的用意

站在西夏王陵前

王孙何在？臣民何在
宫殿何在？军队何在
这里只有这些冷漠的墓塔
任凭高处扑下来的山风
一年又一年地袭击、剥蚀

面对这样惨烈的景象，我无法猜想
贪婪的小鸟为何在这里遁迹
疯狂的小草为何在这里隐身
所有的史书都化为了尘土吗
所有的记忆都埋进了光阴吗

光滑、坚实、庄重、古老
黑黄的颜色，沧桑的印迹
几块残破的砖瓦，难见当年的辉煌
几行模糊的文字，难得几人读懂
几个不辞辛劳的学者，一声长叹

强悍也好，兴盛也好
一支铁骑向他们袭来
几声呐喊向他们奔来
大地之上，一个民族消失了
光阴之中，一些传说淡去了

高贵的头颅，存不下王朝的历史
百姓的嘴巴，传不下大王的功业
杀戮，饥饿，还有心灵的煎熬
尘世里的苦难总是比想象众多
逃亡的遗民难以承受，难以繁衍
几段悲惨的往事，封进了死者的棺木
几个苟活的性命，背叛了他们的信仰

西夏王朝，一切都成了往事
西夏民族，融进了中华血脉
此时，我站在这些王陵前
耳边，只听得血腥的风吹过
眼中，只看到凄惨的笑闪烁

观贺兰山岩画

请安静，别出声
看那石头上的牛羊驼鹿
正要悄然走下来
它们还是那样温柔、善良、纯洁
看那太阳神依旧庄严，光芒灿烂
让我们欢呼，让我们膜拜

谁说这些只是古老的图画
不，这里面肯定有故事
故事里一定有爱、血泪和飞天的梦想
看那一只羊，它别藏深意的样子
让我想起了牧羊人和他的爱情

千年的风雨，没有磨灭它们的形象
它们个个都很生动，很有神韵
石头上，它们或低头沉思，或仰天长鸣

还有羊羔跪在地下，吮吸着母亲的乳汁
这都是我尘世里的记忆啊
我站在这里眺望，有些恋爱般的激动

沧桑是历史的符号，也是光阴的伤痛
这里的图画，画得逼近灵魂深处
简洁的笔画，条条都似人的神经
你可以这样去想，并这样去画你生命的画册
生命的轮回，本就这般精彩

请你默想，以枯寂的方式
默想中，最好让这些石头个个动起来
让一切静止的东西都复活
它们走下来，你也走进去
和它们交谈，和它们哭笑，和它们叹息
包括与牧羊人做朋友，你就明白
这些画里渗入的寒意、苦趣、精气

在延安

延安，是一部厚重神圣的书
儿时，在想象里读了多遍
现在，我来了，怀着一种敬仰
一位导游小姐，把这部书打开了

让我匆匆地阅读

时间太短了，我来不及细细品读
粗略地浏览了一下，我已被感染
这绝对是一部好作品
血色的文字，透出一种力度

其实，更多的不是看到了什么
这里已经没有了硝烟，没有了号角
但是一切都在我的想象里
仿佛几位伟人，就坐在我面前的石凳上
而我，正向他们请教几个问题

简陋的窑洞，土坯的瓦房
还有大礼堂的长条椅
全都是历史最裸露的记忆
而灵魂深处最真实的东西
已经很难挂在墙上了

导游小姐解说得有点粗浅
我并不欣赏
看得匆忙，听得也凌乱
我的思维已不在那静止的画面上

我似乎看到毛泽东手里举起的马灯

照亮了千百万人的眼睛
我似乎也看到延河边上走来一群领袖们
瘦削的脸庞上洋溢着中国的微笑
在宝塔山，在枣园，在杨家岭
他们都在用一种令人惊叹的勇气
做着中国未来的计划

从上海、瑞金、延安
走到了西柏坡，走到了北京
中国一路走来，惊心动魄
昂起的头颅，写满了自信
绽开的微笑，携带着骄傲

登上宝塔山，天地都开阔了
仿佛当年的硝烟还在，呐喊还在
在思想的升华里，我一再地修订来意
在灵魂的净化里，我一再地否定自己

我缺乏领袖们的睿智，也没有将军们的胆识
在一座小城里，我充满私欲，活得卑微
我的人生，不过是一篇杂乱无章的草稿
总是设计不好，难比领袖们计划得精细华美
窑洞前那位老汉，唢呐吹得很有激情
山丹丹花就开在心中。我突然问自己——
假如我是一名士卒，我能救赎自己的罪孽吗

假如我是一颗子弹，我能洞穿自己的灵魂吗

泰山：想象

这登山的想象有多大，我无法描述
对于那海上的日出，对于这天街的石头
还有这里冰凉的雨，这里浓重的雾
都在我的想象里，无限放大

我是来看日出的，我怀着某种虔诚
对于美的东西我向来都不想放过
爬上山来，山上只有人，只有石头和云雾
所有的风景都被云雾遮盖了。我只能靠想象

风景是看景人眼中的记忆。记住了
那便是风景。但是记住的并不一定美好
美好都在想象里。想象里，一批游客上来了
一批游客下去了。想象成了风景，风景成了想象

登了山，而没有看到日出，这是遗憾
但绝不算不幸。就如我失恋了
刚刚走掉的姑娘让我一生想着她的好处

想着想着，还不由自主地添加许多情节

别埋怨，我身边的姑娘，你不懂
景在哪里？太阳在哪里？都在你我的心里
想象里，泰山的风景逐渐展开，真美啊
想象里，你能看到一轮红日，踏浪而来，踏歌而去

想象里，你还能看到鲜花欢笑，石头飞翔
能看到那些高大的树木都在雨水里幸福地拥抱
能看到那些山坡上的小草都拍着手，忘情地游戏
能看到一对相恋的人，站在高高的山顶上
成为真正的风景

张家界：腐烂

这腐烂的落叶有多厚，我无法测度
包括这粗大的树干，一切都会被时间侵蚀掉
谁说万物一朽。不朽的只是想象

叶子是在一个高度上让太阳关注的
正因如此，谁也不能让这些落叶
停在枝头或者空中，除非上帝的手
即使没有风，该落下的还得落下

叶子和树干分手了，绝不是存有非分之想
我和我心爱的姑娘分手了，绝不是我们不相爱
阳光很难拥抱所有的树，这与阳光无关
你一声感叹，惊落一片叶子，这不怨你

世事难料。谁也抓不住上帝的手
落叶就是最好的证明。我踩上一片落叶
柔软的感觉很舒坦。生命到处都在创造奇迹
这腐烂本身就是生命的力量

时间是最好的腐蚀剂，包括我们的肉体、感情和记忆
都将烂掉。我抓不住你的目光，也抓不住你的心
这里看过的风景也会渐渐淡漠
明天，我们又会看到新的，隐入记忆

鼓浪屿：林巧稚

你刚从乡下归来吗
你又从死神手中抢回一条生命吗
一场雨把你身上的风尘洗得干净
现在，你站在这里，面带笑意
看着一个个鲜活的生命，算是休息吧
你太累了。毓园这里环境不错

你依然可以听一听海上浪花欢笑的声音
听一听海上汽笛长鸣的声音
身边一位打算与你合影留念的姑娘
应该甜甜地喊你林妈妈
而所有站在你身旁的母亲
和一位伟大的天使站在了一起
你传扬着鼓浪屿骄傲的名字
你骄傲的名字也传扬着鼓浪屿
这里孕育的不仅是一位优秀的女儿
这里走出的也是一位拥有五万多名孩子的母亲
谁说你孑然一身
不，今天来来往往的游客
有一位，他的眼里就满含着泪水
他的口中就一再地呼唤着——
林妈妈，林妈妈
这应该是世上最亲切的声音
我相信，许多个孩子
在很远很远的地方
也会呼唤这个名字

胡里山炮台，我的忧伤

我不否认
胡里山炮台，一个抗敌卫国的英雄

我抚摸着它的皮肤和神经
我也看着它的一只眼睛
想和他一样，雄视前方
以我的忠诚，向来犯的敌人发出最凌烈的进攻
只是，我站在这里很忧伤
这样的一位英雄，瞎了一只眼
一只眼被一群疯狂的人
扔进了钢炉，熔成了铁蛋
独眼，当然也是英雄
只是敌人不会是一个
只是独眼的杀伤力会不会让我怀疑
现在，敌人远遁而去
明天呢？明天可能不会太平
今天，一群游客嘻嘻哈哈
今天，我的兄弟忘了伤痛
而我，真的十分忧伤
真的担心
真的害怕

武夷山：林中

我真的不知
我为什么和这个姑娘
一再地走进
这片光线幽暗的地方
这片远离喧闹的地方
这片让恶毒的人想出歹意来的地方
我甚至惊诧于我的勇气
不怕这里阴森可怖
大胆地往前走
等一等，慢点走
姑娘在后面起劲地喊
我知道，我不是上帝
我对她没有安排
也没有爱意
但是我还是允许她靠近我
甚至将黑发披在我的肩上
甚至有几秒钟，我还拉着她的手
偶尔把目光瞅过去
我发现，她脸上洋溢着幸福感
而我，一丝罪恶的念头
一闪而来，又一闪而过
哦，上帝
事后，我忏悔

在武夷书院

在这个书馆里
我静静地坐了几分钟
我没有太多的时间
但我真想静静地聆听圣贤的声音

我们这个民族
听到了太多狞笑的声音
听到了太多杀戮的声音
听到了太多呻吟的声音
却没能挪出更多一点的时间
心气平和地和圣贤攀谈

其实，我们这个民族并非缺乏思想的声音
在历史的书册里
我几乎天天听到振聋发聩的呐喊
从远古传来，从某一个角落传来
思想的光芒，在生命的天空里四射

可是，我也知道，我们这个民族
更多的时候，都在装聋作哑
或者患有严重的色盲症
像这样清幽的学堂

应该坐上更多的小学生
就如同我坐在这里
支起心灵的耳朵认真聆听

门外是一片美丽的草地
最适合学子们围坐在圣贤的身边
争论，还是争论
这该是多么需要的声音

我虔诚地坐在这里
绝不仅仅是一种姿态
同行的人不懂我的心思
但我真诚地希望
我们这个民族
学会思考
学会辩论

我懂了一双眼睛

——在林则徐故居

走进这个院落里
我懂了，浓浓的米兰之香
让这里充满了温馨、爱意和祥和

走进这里凭吊，我的心灵
扫除了存有的拒绝、怀疑以及深深的叹息

我懂了，在林大人的心中
海纳百川的心胸
其实从一位慈爱的母亲那里承接
无欲则刚的品质
其实从一位正直的父亲那里习得

我懂了，抗击英军的韬略
虎门销烟的勇气
伊犁河畔兴修水利的热情
都是因为有一双洞烛祖国幽微的眼睛

我懂了，林大人的一世英名
是因为有这样一双眼睛——
一双善于学习的眼睛
一双仇恨邪恶的眼睛
一双充满忧患的眼睛
一双睁眼看世界的眼睛

我懂了，我们这个民族之所以苦难深重
就是缺乏这样的眼睛
更多的时候，我走在大街上
看到不少的狼眼、狗眼和乌鸡眼……

在鄂尔多斯草原上

这样的一个下午，我的孩子
你走进一片草地
就像一只小鸟漫步、寻觅
就像一只蝴蝶追逐、戏嬉
就像一只蜜蜂跳舞、歌唱
就像一只欢乐的小鹿向自由的时空奔去
不，这一切描述都不准确
你只是在这片草地上，这就够了
这样的美好正是我心中的企盼

在城里，我一再地看到
禁锢视野的橱窗正向道路的深处延伸
玷污生命的色彩正向我们的心灵泼来
很少的时刻，我们看到灰暗的天空上
还有流云，还有几只翅膀飞翔
那一刻，我们才有了自由的想象

这是多么难得的美好
在这片草地上，我的孩子
你完全可以做一匹驰骋的野马
请给所有的羁绊放假
请把所有的狭隘推翻

请把欢乐、爱和憧憬留在这里

对不起，我的孩子
这样的草地，我给你太少
也给我太少。就是沙滩、湖泊、江河、大山……
我给你的都太少

对不起，我的孩子
在生命的时光里，想象不该枯萎
在生活的道路上，自由不该抛锚
那就在这片草地上，做一次心灵的飞翔
你的身后，不再有一双防备的眼睛
你的脚上，不再有一根保护的绳索

茶马古道上

我累了，像一个当年贩茶的汉子
坐在那茶马古道边的一块青石上

前方的山上乱云滚过
身边的树上野风跑过

石头上，我的肉体胡乱地安放着

远眺中，我的欲望疯狂地生长着——

我来了，有什么东西可以贩卖
我走了，有什么念想可以留下

茶马古道上，可有马蹄扬起的红尘
可有我做出的惊世骇俗的赌注

木氏山庄里，可有爱我的美人
可有我用一生等待的希望

我设想，我是一位剽悍的马帮帮主
我以我的豪情和慷慨赢得了一颗芳心

我设想，假如真有这样一位美人
我能否倾其所有，换来一生相守

我还设想，我是背着顽固的木氏老爷
把他唯一的女儿偷走的，连同她的心，她的一切

后来，后来的结局多种多样
每一个人都能设计出一个结果

我相信，这样的结果不论美好与否
都是上苍赐我的，我承受，我感谢

我来了，我的设想就是这样纷乱、荒谬
爱、苦难、滴血的伤痛，我人生的设想不过如此

走进木氏山庄，我绕着蛙神走了三圈
可是蛙神匍匐在地，一片冷漠

走出木氏山庄，山风吹乱了我的头发
也吹散了我设想好的爱情结局

车过大理

车过大理，我看到一片云彩
恋恋不舍地向远处张望
那真的是大理公主吗
千百年了，她还在看着远处的洱海吗
洱海波光里真有她永远的伤痛吗

导游的解说真是一种美丽
我听得黯然，看得忧伤
我来了，我做不了她的情郎
可是，我的目光总是在那苍山上
看那滚动的云，我想得太多太多

尘世里，我不过是一个怯弱者
和她相约私奔的事，我不敢奢望
不期而遇的爱早已让我忧伤不已
上山来，我会把一句诺言放进她的心里吗

下山去，我会把所有的勇气都留在洱海吗
尘世里，我会让一道命令化为青烟吗
我会以我卑微的身份换取一份信赖吗
我会以我砍柴的镰刀收割一份爱情吗
我会撇下一句话让相爱的人守到地老天荒吗

尘世里，我会让一个公主化成一片云守在那里吗
我会成为一个爱我的人永远的记忆吗
我和她的故事能成为一个传说吗
能让一车的游客听得意荡神摇吗

山上的云久久不散
车上的人一路嬉笑
车远了，我回头的举动没人理解
我心底的假想没人知道
我眼中的忧伤没人看透

我相信，苍山上的雨都是泪水
都是大理公主无尽的哀怨
我相信，洱海的水就是一个民族的色彩

就是我最深最重的忧伤

丽江：九九龙潭

我对你只能保持沉默
我不敢对你呼唤，也不敢对你诉说
甚至不敢靠近你。我站在这里
一再地打量，试图看透你

你很安静。九只幽深的潭
九颗幽深的眼睛。谁惊扰你
你就会喷射心中的怨气
爱伤害过你吗？让我这样一再地猜想

据说，有几个狂徒
对你大声叫嚷。顷刻间
你的天空，阴云密布，电闪雷鸣
暴风骤雨，飞沙走石……

我惊叹！你怨愤的深度
也惊叹你受伤的深度
上山的人，有几个总想冒犯你
啊！一个安宁的灵魂，最怕惊扰

我站在这里。我只能默不作声
其实，说出来了就不美好
世间的话语，很多是这样
我的诗也是如此

我还是安安静静地看一看、想一想
迷人的眼睛，往往深度难测
我知道，所以我无语，所以我安静
离去了，我还会沉溺于想象中

西双版纳观景

这个早晨，我走在这山中的小路上
倾听着每一片叶子的呼吸
记忆着每一种花朵的微笑
就像一个刚刚出世的孩子
以最自然的方式打量着这片天地

这里没有城市的浮华
没有喧闹的争斗，没有肮脏的阴谋
没有让我挣扎的梦境
没有让我飞翔的眼泪
也没有打断我假想的吆喝

我来了，以一种生命解读另一种生命
这里的空气异常单纯
这里的阳光绝对正派
这些低矮的、高大的植物个个安静
这正是生命存在的意图

我必须敬重，这是真实的生命
绝不像我。我活在虚假里
我的灵魂没有叶子的翠绿
我的生活没有花朵的鲜艳
我只有在想象里和这样的生命交流

我不敢抚摸这刚刚睡醒的叶子
我怕惊扰了它。它也有梦吧
（只是和我的梦决然不同）
就是对那含笑的花，我也不知以什么表情面对
我失神地站了片刻，然后又不停地回头

我走了，我魂飞魄散
我是来观景的，但又不是观景的
我面对的是真实的生命，不包括我自己
我否定了自己，这不是我的幼稚
我想站成天地间的一棵树，不为了一片风景

景泰：龙湾村

我真的惊诧
我是经过了二十二道弯
下到了龙湾村谷地

此时，黑暗即将笼罩这里
浓重而湿润的雾，从一些树枝上铺下来
带着果子成熟的香气。清凉的晚风
也好像刚刚睡醒，向人打量——
多么安详的一个黄昏啊

往下走，一条小路通向村子的深处
四周寂静得不像一处旅游胜地
雾更重了，遮住了村子的表情
河面上，一场美梦好像正在酝酿
想象里，我似乎听到了落日和炊烟的声响

身后，那高大厚重的山让我一再回头
感觉里，山真像是许多慈祥的父亲
肩并肩，手挽手，守着自己的家园
守着自己的女人，还有自己的孩子
只是他们都沉默着，没有丝毫炫耀

据说，这里从没有闹过旱涝
也没闹过匪患，更没有战祸
原因，我无须多说
那是守在路口的父亲对女人和孩子
最后郑重的承诺

这天夜里，在一户姓张的人家
我用过晚餐，看过新闻
和漂亮的女主人道过晚安
我也安然地进入了梦乡。梦里
我听到父亲的声音远远而来

山上的石头

这些堆砌的石头有多少，我无法猜想
此时，我就坐在一块石头上
微凉、坚实、光滑，被浓雾包围
只是许多凹进去的微小的坑
可以想象接受了无数风雨的袭击

石头是大山的骨骼和肌肉
强健也好，不屈也好
一场风向它们袭来，一场雨向它们扑来

多么分明的棱角，也只能无奈地消平蚀去
即使没有风，没有雨，该光滑的还得光滑

千万年的存在，千万年的考验
拍打、洗刷、暴晒，还有负重
尘世里的一切，它都得承受
虽然它以冷漠示人，孤傲示人

可是它绝不是没有生命的温度
也绝不是没有燃烧的历程
开天辟地的事业，它曾经赢得壮烈
往事如烟。逝去的英雄有谁怀念
一堆石粉，就是命运的诅咒

我今天坐上去，光滑的感觉很舒坦
只是明天呢？生命随处可见消逝
即使是这样坚硬的东西，也将改变
包括天上的星星，包括尘世里的一切

下了山，我看到那些碎裂的石块
时光不会让它恢复原来的形象。破碎了
就算是上帝的手，我也绝难相信可以修补完整
就如我的爱情，重来一遍是多么虚假

眺 望

在这些高峻的山上
一个山头眺望着一个山头
一双眼睛眺望着许多山头
可是，我只眺望着一块山石

那一块立于山巅之上的山石
等待了千万年
一场风，一场雨
终于把它雕刻成了一位女子
现在她就站在山头上
以历经沧桑的身姿
以一往情深的眺望
给我无限的想象

我一再地惊叹时间的伟大
也一再地惊叹她的执着
万年的等待是多么艰难的事
万年的眺望是多么痴情的人

在世俗里，总有什么突然向我袭来
一个恶毒的词，我常常都经受不住
对于我爱的人，我一再地远离她

又一再地走近她

现在，我眺望着这块山石
就像突然拦住了离我远去的女人
羁旅天涯里，不期而遇的目光
让我心底里特别地动情

爬山归来

那座山上，石头垒着石头
那座山上，高度望着高度

我是一名爬山者
比起那些石头来，我很渺小
比起那些山风来，我很懦弱
一座三千米的山，我爬了一整天

在山顶，我站成了一块石头
虽然我没有那大山的沧桑
虽然我没有那大山的冷峻
一些山风，还是吹得我高处不胜寒

我望着远处，山连着山

我看看自己，像上帝遗弃的一颗棋子
在天地之间，我真正的位置在哪里
在这个山巅之上，我有石头的品格吗

宁静、沉稳、坚毅、恒久……
我没有这一切
我呼出的气息随山风一起飘散
我血肉的躯体会和落木一样迅速地腐烂
爬上来，走下去，这里不会留下任何痕迹

时间创造了一切，又抹去了一切
在这个世上，我来过了，仅仅是来过了
和山上的云雾一样
和树头的叶子一样

海边枯坐

这是远离繁华的海边，我就坐在一块石头上
波浪退下去，又涌上来，正如我的心情
坐在这里，我想自己是不是一块石头
让尘世里所有的风浪消磨雕蚀

我是柔弱的，也许根本不配做一块石头

我也许只是一片叶子，一根羽毛
一场风，可以把我吹得很远
一场雨，可以把我淹得很深

城市的道路上，我常常被一些心思劫走
我做不了自己的主，我活得很无奈
靠在街口的一棵树上，我扶不住战栗不已的心情
埋进家中的沙发上，我记不清刚刚流逝的时光

这样的大海上，空虚得只有这些涌动的水
这是我企盼已久的单调，微微的波浪也宁静
我不想做一只远航的船，也不想靠向那遥远的彼岸
假如我能成这岸边的一块石头，就让我在这里枯坐一生

在这里，我可以听一听浪的喧哗
在这里，我可能看一看海的沉睡
在沉默中，我滤去尘世里所有的污垢
在淡然中，我埋葬生活里所有的奢望

我愿以一颗孤独的灵魂，看着这个尘世
我也愿以一个内省者的角色，打量自己的过去
我来了，请不要对我说渡我过海
我走了，也不要对我说彼岸多美

我的痛苦也许有这海水一样的深广

但是，这样的时刻，请允许我静如枯木
坐下来，我抛弃一切的时光，这是我的幸福
走过去，能迎来一世的欢喜，那是我的宿命

南下旅行的车上

窗外鲜艳的草地很多
我多次想下去，躺在那草地上
我很想做一只蝴蝶，追着另一只蝴蝶
或者做一只小鹿，让你追逐，哪怕是撕咬
然后我们互相追逐，直到天黑

草地最好是鲜亮纯洁的
坐在草地上，我们还可以弹琴，可以唱歌
可以把一张梦铺展开来
走进梦境去，成为梦中人
当然，携一张琴来，带一颗心来
那是必然的，绝不能缺少

可以说，这样的设想很美好
我想你绝不会反对，不会
扭过头，我发现
你正靠在我的肩头

甜甜地想着，甜甜地笑着
都是梦，你我的可能不同
但是，我们的梦里都应该有草地
当然，蓝天、阳光和温情
我们也无限向往

请你相信 这不存在任何罪恶
对于美好的事物
我们都有权享受

六盘水：一只小蜥蜴

此时，一股热浪
把我和同行的伙伴
赶到了一簇低矮的灌木下

阴影里，一只小蜥蜴
好像埋伏在这里很久了
探出头，看到了我们——
啊，这一群陌生的怪物
不知是逃跑，还是攻击

这真是上苍错误的安排

我抓住了它，又放走了它
我原谅自己占据了它的领地
我相信，它不是我可怕的对手
它也不会像某些人怀有恶毒的心思

走出阴凉地
我看到不远处另一只小蜥蜴
正向这边焦急地赶来
我突然生出一些悲怆的心情——
男人走散了，女人会不会疯掉

车过白银

是的，我留意的绝不仅仅是过去
此时，我就侧过头去，看到远方
在像大海波浪起伏的沙丘上
一块黑色的石头，守着一堆白色的石头

这是西部旅行的路上
我无法安睡，我的心还在远处，还在飞翔
伸长了目光，我总想记住一些新的往事
山坡上的草、石头、树，还有房屋……

拐过弯道，车子换了方向前行
我突然发现，那块黑色的石头站了起来
那一群白色的石头也缓缓蠕动——
啊，原来那是牧羊人和他的羊群

可是，我的心陡然揪了起来
这多像一个孤独的男人
守着一群饥饿的孩子
能有什么办法
让这里刚刚被羊群啃过的山坡上绿草如茵
是的，能有什么办法
让这个孤独的男人和他的羊群
儿孙满堂，绵延不绝

古城墙

是的，我还留意过这白色的阳光
在这个午后，到达过这半截古城墙上
对于这些残破的东西
我向来是怀有特殊敬意的
走向古城墙，这像走向我曾经的家园
在光影斑驳的城墙下
我拣起了半片破瓦，仔细地瞧了瞧

想记住它最后的模样
风来了，裹着漫漫黄沙
古城在沙暴里晃动得十分厉害
抬起头，我只看到一段模糊的女墙
可分明又看到一个满脸沧桑的马帮汉子
最后绝望的眼神。他真的得罪神灵了吗
是谁要判他的死刑，让我心生怜悯

不错，我不认为这段古城墙是已死的东西
他就像是一条汉子。在丝绸之路的深处
接受着命运最惨烈的剥蚀。一段身子
早已掩埋地下，也早已让时光叹息不已
可是他依然昂着头，冷峻地看着远方
肆虐的风中，我似乎还听到他呐喊过几声

起风的时候，我正在一个背风的地窝子里躲避
我庆幸，我不是那被活埋的马帮汉子
上苍对我还有一丝眷顾，我还有未了的心愿
但我不可避免地被时光剥去了一些东西

包括我刚刚向神灵的一个请求
包括我刚刚慌乱过的一份心情

在阿拉善草原

是的，我真想和这片草原一样
将我最美好的一面展示给世人

可是，此时我站在草原的一角
一位牵马的姑娘
以不屑一顾的眼神
瞅了瞅我，漠然地走开了

这样的悲哀，我多次有过
在一些人的眼神里
我卑微得就像这脚下的小草
好像我的命运，就在某些人的牙缝里

只是我还有对美好的无限眷恋
向草原深处走去
我就摸了摸一只羊的乳房
那亲切的感觉，让我想到辛苦一世的母亲

傍晚的时候，我还和一头牛
说了一会儿话。牛十分冷静
它倾听的姿态，像我的兄弟
它哞哞了两声，好像听懂了我的心情

当夜风从草尖掠过的时候
我站在空阔的草原腹地
此时，一颗星星正向草原的西北滑落
而我，突然想起许多有关爱情的往事

这是我孤独的草原啊
同行的伙伴不少，但是热闹是他们的
我静静地听着一只虫子的呢喃
却不想和身旁的女人多说什么

快走！催促的声音不断
可是，我还是想伏下身子
听一听草原的呼吸。别吵
草丛里，一颗种子正在做着结婚生子的梦想

那么，这样的一天
我不知我是否将丑陋的一面也留在世间

古河道上

当午后的阳光抵达河对岸的时候
我刚刚从一辆旅行车上下来
多么惨烈的白色啊！一条古河岸

真像失血的脸庞，给我揪心的痛

这是条死亡的河道，流水不知何去
走下去，我拣起一块鹅卵石
水流的纹路，分明记着曾经汹涌的故事
滚烫的温度，分明留着刚刚炙烤的记忆

可是，谁将这英雄的最后一滴血放尽
谁又撕毁了它原本坚强的身躯
在这西部的旷野上，它又像是个落难者
仅存的一段河堤，让时光剥落得如此残破

一股热气，突然向我暗暗袭来
我躲了躲，靠在一个背阴的角落里
脚下，一只干死的鸟，还张着嘴
好像它有最后的遗嘱，就等我执行

可是，我是个迟到的来者
我不能让一滴雨，滋润它干裂的嘴唇
也不能掬一捧水，做它最后的施恩者
我看了看它，就像一个亏欠者，内心不安

第四辑◎尘世的记忆

冰凉的瞬间

用手指去感觉雪的冰凉
或许那很新鲜
其实我们有许多感觉都被错过
错过是一种错误
人生里应该有许多雪花
从高高的树上落下
成为诗意
不过这也许
仅仅是一种冲动
飘过岁月的窗前
不知你是否注意到
冰凉的瞬间里
也能感觉到热恋
开放成
人生之果
在回味里细细品尝

洗　心

沧浪之水何在
我用它洗一洗我这颗心
我心本来是没有污垢的
只是在这个尘世里 污染太多

我的生活圈子里
有歹毒的心思
也有恶毒的眼光
还有狠毒的词语
它们都时常向我扑来

我的赤子之心
现在，也会流出不干净的想法
也会挤走一丝善意的念头
面对这些诡异的东西
我无可奈何，不知所措

让沧浪之水洗一洗我吧
包括我的身子
包括我的灵魂

都洗一洗吧

当然，这水必须是清洁的
比如天山的雪水
比如婴儿的泪水
比如菩萨的圣水

这个尘世里
应该让我的心洁净精微
还应该让我畅游在仙乐里
还应该让我端坐于云巅上
让我静如处子，安如泰山
静静地思虑，静静地呼吸

是的，让我在安静中过滤吧
让我滤去世上一切的污秽
让我滤去试图占据我心灵的一切罪恶
包括此时我突然冒出来的
一个有些恶意的词语，统统滤去

让我安静

让我安静
让我寂然不动
让我无思无虑

让我在我忧伤的陷阱里得以片刻欢愉

让我在这个尘世里
学会养心
养我善心
养我恬淡之心
养我玄妙之心

让我养着天地
它们都驯服
听我粗重的叹息
听我纤细的心跳
之后，打开一切闭塞之道
让我呼吸

让我的心卸下一切的重负
让我以最舒畅的姿势
做一次心灵的运动吧
让我以最安稳的样子
坐进往事里
泪流满面

如果向往

如果向往
就请默默地站在一座山的高度
以包容天下的眼睛
看远处一棵小树
伸展的姿态多么美好

如果向往
就请远远地站在一片海的岸边
以穿越时空的心灵
看高处一只飞鸟
搏击的身影多么壮观

如果向往
就请努力地靠近一束阳光
或者和阳光一同奔跑
或者在江上喊出雄浑的号子
或者去给深爱的人热烈一吻，学会恋爱

如果向往
就请静静地躺在山坡上、草地上、沙漠上
看天上的云倏开倏合，地上的风忽聚忽散
让心灵如鸟飞翔，爱意如天空无限

让往事如花绽放，回味如笑声灿烂

如果向往 就在这样的清晨写下最美最美的诗句
并且高声吟唱，尽情抒发
让心灵得到喂养，屏蔽所有的忧伤
让光阴得到滋润，化解一切的苦难

如果向往
就请忘却昨天，忘却刚刚有过的忧伤
到远方去看一看风景，看一看人们的笑容
到未来的时光里徜徉一番，心无挂碍
到爱人的怀抱里痛哭一场，不存恶念

回　答

——给 Y

我的忧伤能治愈吗
面前是一只跳舞的蝴蝶
颜色洁净，状态轻快
是谁让我看到，是谁害着我

这些美好的东西一再地伤害我
当我正想堕落，正想干掉自己的时候

就看到花或者蝴蝶，这些唤起人忧伤的身影

我宁愿看到污秽、丑陋、小人拙劣的表演
其实这一切让我相信这世界的真实

这些年

这些年，我撕扯着什么
这些年，我缝补着什么
这些年，纷乱的思绪是我永远的纠葛
刚刚大胆的设计，刚刚又坚决否定

这些年，我就像天上的流云
一种可怕的力量，推动着我
我在撕扯，在破坏着所有破烂的光阴
我轻轻划过的伤痕，就是我全部的往事

这些年，我胡乱地做着没有未来的事情
我惊恐不安的话语，全是我颤抖的梦呓
我一直呼喊着的声音，就是我沉重的枷锁
我在挣扎，在虚荣的光环中渐渐老去，渐渐老去

这些年，我的幻想如疯长的野草
缠着我，困着我，毁坏着我

关于我的悲哀的描述

光阴里，我想飞飞不出
天空是多么巨大的罩子
道路是多么细长的绳索
思想是多么可怕的钉子
我的搏击还在这个天空
我的奔波还在这条路上
我的思想还在这个圈子
我的天堂还在这个梦里

我的眼睛被钉在风景里
我的四肢被钉在时空里
我的昨天被钉在回想里
我的未来被钉在假设里

我撕裂的呼喊在诗文里
我哭诉的声音在长风里
我深情的一吻在往事里
我错误的拒绝在记忆里

我多想你将我精细设计
我多想你对我重新安排
我多想对光阴做些剪切

我多想将爱情完美编制

可是，我飞翔的影子不能涂改
可是，我许下的诺言不能收回
可是，我深藏的秘密不能说出
可是，我犯下的罪孽不能抹去

是的，钉下的钉子我不能拔除
是的，缠住的绳子我无法剪断
我的天空，埋伏着太多阴谋
我的道路，设置着太多陷阱

是的，我的忧伤就是我的收成
是的，我的爱恋就是我的伤口
今天，我复活在我的梦想里
明天，我死亡在我的记忆里

我是光阴里一掠而过的惊鸿
我的翅膀上带着新伤旧痕
但是我多想冲破这种种桎梏
但是我多想按想象去自由翱翔

梦　想

昨天，我丢失了自己的梦想
今天，我踟蹰在繁华的街头
在这南来北往的路口
我拦住了一个又一个人询问
我甚至想在这大街小巷贴满告示
我要向世上的人说明——
谁拣到了我的梦想
请还给我，还给我

在这疯狂生长的城市
我天天在人情里盘桓
我时时在人事里周旋
我像是别人发出的一张牌
我像是别人钓走的一条鱼

我的感情我一再地撕毁
我的梦想我一再地颠覆
我做不了自己口中的一个词语
我也冲不破自己制造的牢固围城
我翻遍了所有思想的口袋
找不到任何一句安慰我的理由

这个世界里，我匆忙地来过了
这个城市里，我胡乱地活过了
我失踪的梦想，眼里全无
我设想的未来，梦里难有

请还给我 ，还给我
这样的呼喊多么苍白
我的肉身还在，梦想丢了
我的心脏还跳，光阴凋谢了

梦　语

梦中，倒塌的天空我飞过
梦中，下陷的道路我走过
梦中，燃烧的阶梯我攀过
梦中，沸腾的河水我蹚过

梦中，我还有握不住的手
梦中，我还有拭不干的泪
梦中，我还有摧肝裂胆的呼喊
梦中，我还有销魂蚀骨的哀伤

梦中，我曾是迷途的羔羊

梦中，我曾是受伤的老马
梦中，我曾是糊涂国王审判的犯人
梦中，我曾是狠毒巫婆施法的王子

梦中，我一再地推翻成熟的思想
梦中，我一再地高呼错误的口号
梦中，我曾把自己当作敌人狠狠地消灭
梦中，我曾把叛徒当作英雄深深地爱恋

梦中，我辗转反侧 ，胡话连篇
这个世界颠覆了我
我颠倒了这个世界
我领受尘世里荒谬的一切
我背叛生活里运行的所有
今天，我依然有梦

在光阴里飞翔

这样的午后，谁能想到
我们的宇宙越飞越远
我们的光阴越飞越短
我们的来路越走越乱

我在光阴里不停地飞翔
就像天空里的一双翅膀
风磨光了所有的羽毛
但是依然没有返回的路程

我的身后，是倾泻的风雨
我的前方，是奔涌的烟雾
我冲过了一道障碍，又有一道
我划上了一道伤痕，又有一道

我承认，这是我的幸福
在光阴里飞翔，这是一种精彩
哪怕所有的天空都埋伏着刀剑
我也愿意冲过今天，飞向明天

我也承认，这是我的不幸
在光阴里飞翔，总是一种遗憾
就算所有的天空布满道路
我还是与你擦肩而过，无缘缠绵

光阴里飞翔，你我都很辛苦
翅膀扇动着，心已疲倦
风景展开着，眼已黑暗
这样的午后，我们活得如此沉寂而不安

四十岁

春天早早地来到了这座城市
一朵花的开放像一股喧哗的暗流
在我的生命里激起某些无名的冲动
走向一些枝头，走近一只蝴蝶
我就按捺不住想起你，想起曾经的一段感情

四十岁，我已经苍老得不认得自己
生命的田地里落满了枯枝败叶
即使连清理的设想都不存在
我不可能像一朵花喧闹枝头让人注目
也不可能让明天承受上帝的爱抚心存感激

在我的心灵深处，是什么覆盖了许多思想
我一再地躲进忧伤的陷阱，看头顶风卷残云，雨打败叶
这样的春天年复一年，这样的日子日复一日
四十岁，我不知是否活得荒凉贫瘠，活得杂乱无章
想起什么都不过是徒增罪恶
面对一朵花或一只蝴蝶
我伸过去的目光还能拦住什么呢
爱的臂膀松开了，就意味着心灵开始枯萎

也许我不如一朵花美满，也许我不如一只蝴蝶幸福

看它们，艳羡的目光里也涌起忧伤
四十岁，我做了一些往事的回想者
四十岁，我做了一些感情的咀嚼者

你

小窗前，月光正好
你安眠的姿势正好
月光悠闲地洒在你的脸庞正好
人也朦胧
梦也朦胧

花圃里，蝴蝶飞得正好
你期待的心思正好
一朵开放的花儿靠在你的脸庞正好
人也妩媚
爱也妩媚
楼台上，春雨下得正好
你等待的样子正好
雨水静静从你的脸庞流下正好
人也失意

寺庙的台阶下，诵经的声音正好

你失望的眼神正好
泪水悄然从脸庞滑落下来正好
人也动人
情也动人

给一位新寡的女友

把你的头靠在我的肩上，歇一歇吧
虽然我只是一个陌生的朋友
虽然我的肩膀撑不住你倒塌的天空
虽然我的安慰抚不平你深重的伤痕
但我的心也和你一样悲伤不已
请记住我的话吧——
今夜，叩击你心扉的人
还是你爱的人
在通往来世的道路上
你我的脚步有快有慢
就让我们为死者祈祷吧
来世的路上，祥云弥漫，鲜花满路
赞美的歌儿一直唱着

把你的头靠在我的肩上，歇一歇吧
爱是很疲惫的事

我们都领受了爱的甜蜜或痛苦
请记住我的话吧——
生命是一个过程，我们都在穿越
如果来世里还有记忆，还能相逢
我们叙说的还会是爱情
一切都不会过去
一切都在我们的心中
就让我们为生者祝福吧
明天早晨，阳光灿烂，芬芳四溢

路边的石像

是谁做了这世上残忍的事情
让这位大嫂抱着孩子
在这路边风吹日晒

这么多年了
她应该很累了吧
她的手臂酸痛吗
我真为她有些担心

她一直微笑着
她想坐到海枯石烂吗

她还有梦吧
她怀抱着的是她的幸福吗

但是，我还是看着有些不忍
我真想领回家去
假如她还有什么不安
我真想对她做些安慰

我上前拉了拉她的手
我上前摸了摸孩子的头
哦，石头异常冰冷
哦，上帝不该恩准

是的，这样残忍的事情
上帝不该应允
今天这风，这雪
会撕疼她娇嫩的皮肤

也许，她的心是热的
可是，我还是担心这个尘世
会给她许多惊扰和无奈
会给她许多凄凉和伤害

不错，刚才就有几个坏小子
我看到他们在她的身边做了什么

她似乎来不及发出呼喊的声音
那群小子就逃得不见踪影

期 待

道路上，我期待最干净的光阴
鲜花自高空飘落
掌声响起
我以最幸福的步伐走过

爱情里，我期待最诗意的想法
诺言自心底出发
微笑灿烂
我以最美丽的泪水迎接

生活中，我期待最华贵的布景
演出自昨天开始
节目精彩
我以最动人的歌声唱响

年老后，我期待你最动情的絮谈
往事自眼底展开
情节华丽
我以最优秀的心情品味

春天的花朵

在春天，我有这么多可爱的情人
她们姹紫嫣红，妩媚动人
她们用鲜润的嘴唇点燃了天空
她们让妖艳的蝴蝶唤醒了爱情
阳光倾泻，田野上的小鸟一片喝彩

春天，我应该赞美，
可是我却眼泪汪汪，遗憾深重
我的情人存留于我的身边如此短暂
无情的光阴谁能将它挽留
失血的花瓣谁能将它治愈

我的柔情从寒冬出发
到达春天的田野上，就泪水飘洒
我一生的爱恋，我的情人
你难以触及的肌肤，让我缠绵
你难以化妆的面容，让我回想

我的情人，我不知道如何挽留
五月的悲伤总是来得严厉
我无可挽回的心事，在一个清晨登录
然后，我走失在城市的夜晚
赶赴许多的梦境，和她见面

湖边的长椅上

这个黄昏，风刚刚散了
远处的灯光，湖上的水
似乎一切都还没有平静
摇摇晃晃的东西，都在等待安抚

不错，刚才的一场风
惊扰了这里的一切
倒在别人怀里的事
树做过，花做过，人也做过
我坐了下来，看着远处
想起刚才倒进女人怀抱的情景
我有些悲怆，不可抑制
一滴苦涩的眼泪，悄然落下

怀抱，这多么幸福的地方
可是，我好像多年和它无缘
我敞开的衣衫，一股凉风钻进
我等待的女人，不见一丝踪影

这个黄昏，风散去了还会来
一种想象里，我进去了又出来了
上演的角色，一会儿悲，一会儿喜
就像刚才的风，来得突然，走得突然

秋日看景

这个微凉的早晨，我又一次靠近了秋天
一些果实，向我证明了生命的价值
春华秋实。种下什么因，就会得什么果
我明白。看花开花落，云卷云舒
我又能在谁的眼睛里留下记忆

一颗种子，落入土中
明年的春天，也许有一株嫩苗破土而出
可是我不会，我生命的肩头太沉重
这个秋天，我真想靠着东山

真想静静地站成一块山石
是的，假如这也算是一种假想
那么我沉默着、等待着、销蚀着
风雨中，散发着我生命的气息
时光里，流失着我感情的细节
走过四季，走过千年
我依旧看花开花落，云卷云舒
去留无意，人生无痕，这是一种境界
啊，说出来，多么拙劣

忧伤的午后

这是一个忧伤的午后
我躺在郊外的一块青草地上
安静得像一只温顺的羊羔
接受阳光的爱抚

远处，两只蝴蝶
翩然起舞，相互追逐
我内心忽然充满无限爱欲
我想他们的爱情一定很浪漫
也一定很幸福

我是热爱生命的
就像这两只蝴蝶
热爱花朵
热爱在春天的枝头上谈情说爱

所以，此时我舒展开四肢
以耶稣受难的姿势
把自己钉在这美丽的草地上
忏悔自己的罪行

在河边

我是黄河臂弯里搂着的一个孩子
我常常和黄河水嬉戏
可是一缕微微的波纹，一根浅浅的水草
一叶悠闲的小船
都会唤起我千年的忧郁

此时，我坐在这里
我只想把自己浸泡在巨大的虚空里
如同一捧纯净的水
让时间全部过滤

我只想安安静静
我等什么，我也不知道
我默默地和河对岸的那弯月牙对视
但绝不想印证什么
一尾鱼悠然地走过来
我没有惊动它

黄昏到来了
一颗星星最先对我眨眼
我挡住了身后的一朵鲜花
它正需要月光，但是我说

我做不了上帝手中的一粒棋子
所以，不要和我谈摆在什么位置

告知自己

我接受了尘世的这所有恩赐
不论美好，不论罪恶 不论高尚，不论低贱
我也来不及仔细分辨
就将要走向死亡的门口

我已经向自己一再地警示过
我不是站在马路边的一株开花植物
我无法想象明天的阳光照在哪片叶子上
我也无法让自己在风里雨里自持

清晨，阳光过来了，我默默地接受
我总想让自己的灵魂在阳光中清洗
我受到尘世的污染太严重
我生命的走向已有些混乱

我一再地在自戕
又一再地在自救
可是许多的日子

总有一些被称颂的邪恶的东西
向我走来，还在身后狂吠

我不是一些人牙缝里的一个词语
我不会带给某些人快意
我活在这尘世里，滚滚红尘拂面
我看不清，也不能接受你
居心不良的盛情

观爱德华·蒙克的油画《嚎叫》

不，我不相信
这是梦境
这是丧魂落魄的幽灵形象
尘世里
我的痛楚和哀怜如此强烈
我也带着凄切的表情
或者捂住耳朵，害怕听自己的声音
我孤独的灵魂游荡在死寂里
我充满死亡的预感天天逼近
我竖起的毛孔，个个都恐怖
我无助地嚎叫，声声都悲怆

走在道路上 我寻不见方向
我没有相伴的爱人
我得不到上帝的安抚
我的眼里，世界扭曲了
天空像压下来的沉重物体
黑暗，张着喷射毒气的巨口
我无法躲过，它无情地吞噬了我

我也在嚎叫
我的悲剧无人能解
我神秘的内心无人看透
我也无法向我的光阴交代
道路上，我只有闭着痛苦的眼睛
我真的害怕谁勾走了我的魂
我的身后，好像魔鬼正打着我的主意
我防不胜防的善良
我怕被居心不良的家伙拐走卖钱

苍 凉

——看《神雕侠侣》

我不能欢乐。这是苍凉的画面
杨过就坐在那高高的山头上

冷峻得像一块千年的石头
只是怀中抱着的木剑
只是风中飘起来的头发
证明他是个英雄
我不能欢乐。我相信
英雄都一定是孤独的
怀里抱着的未必是杀人的利器
心里想着的未必是拯救灵魂的药方
眼中流出的倒可能是凝重、忧伤，甚至恐惧

我不能欢乐。我相信
英雄都一定是寂寞的
登高一呼的声音已经远去
一诺千金的誓言响在耳边
口中说出的似乎全是压力、遗憾，甚至绝望

真的，我不能欢乐
就算是杨过施展出最凌厉的攻势
就算是敌人闻风丧胆
我还是不能欢乐
我看到的是英雄满目苍凉
我看到的是美人一声长叹

我不相信杨过能笑傲江湖
我甚至也不相信上帝能笑傲天下

劝　告

——看《神雕侠侣》拟小龙女说

听着，过儿
外面的世界勾人的魂
搅进世俗的旋涡
你我都很难回来

听着，过儿
外面的世界血雨腥风
外面的世界销魂蚀骨
走出去，你我都不会真实

过儿，过儿
战无不胜的独家功法
绝不是黯然销魂掌，绝不是玉女剑法
绝不是天下第一的名号
你我最难对付的还是世俗的魔力

过儿，过儿
其实，发出凌厉攻势的是心的淡然
其实，制造惊天奇迹的是爱的骇俗
你回头一吻的深情，使一切毒物难以侵犯
你回眸一笑的真诚，让一切邪恶纷纷退避

过儿，我的过儿
你不知，世上有两样兵器——
白眼和口水
这般东西，杀人无数，杀人无形
你再高深的功夫也无法应对
走出去，你叫我靠什么抢你回来

灯 光

这灯光自窗内而出
绝不会没有秘密 暗黄的色调
有些忧伤
就像我的女人
站在窗前
绝不是无缘无故
绝不是没有心事

我的敏感就是这样
我向来有企图
我真想走进一个秘密
藏身于他人的记忆
做一种幸福
只是，不必忧郁

不必像我和我的女人
刚刚有过尘世里的不悦

光也不都给我温暖
这寒夜里微弱的光
瑟瑟发抖
我就害怕这样
点亮我心情的应是晨曦
我本应以拥抱的姿势
做欢呼的表示

可是，今晚
看到这样的灯光
我不知我的夜晚如何挨过
我的梦，一定漫长
我向我的女人道过歉
我得到的是剜肉的目光
我知道她心里有爱
但是，我还不能释怀

走在秋风里

我一再地感受到

你的奔走像洪水的奔走
在所有的大地上泛滥
就像我对一个女人的感情
在所有的光滑的山石上
在所有凋落的叶子上
在所有中国文人的意识里
在所有文字堆砌的诗境里
都能找到你吹过的痕迹
一种忧伤的情绪，从灵魂深处
弥漫了开来
沐浴着我，渗透着我，销蚀着我
但是我走不出去这样的包围
今天，我来了
这样的感觉正浓重
明天，我走了
这样的感觉也不会减退

我的忧伤，是我唯一的守望
我的女人，是我一生的哀痛
正如你年年的奔走
是你无法改变的命运
正如这里我写下的文字
是我无法逃脱的罪孽

晚秋的田野

这个午后，我的肉体回到了城市里
可是我的灵魂还奔走在乡村的田野上
我看到，满地的黄叶枯草贴着大地
就像刚刚入世的婴儿，贴在母亲的脸上
让我感觉到一种特别的温暖
做一次生命的轮回，那是幸福的
对于死亡，我向来这样诠释

对于田野，我这样说——
麦浪稻香都成了它永远的记忆
这样最好，就如我的爱情死亡了
但最美的记忆暗暗生长
再让这傍晚的太阳镀上一层金色
它同样辉煌，同样庄严

这是我看到的，也是我想到的
秋风来了，枯枝败叶纷纷退避
谁说这不是生命的形式
舍弃、谦让、淡泊，生命需要这样
城市里，正缺乏这些

对于城市，我这样说——

没有了落叶，没有了炊烟
没有了我的亲人们悠长的几声吆喝
便没有了生命的滋味

一滴露水对一朵花的诉说

让我藏在你的怀里吧
让我感受着你的温柔

让我携带着你的芳香 渐渐逝去
飞向天空的路途中
我会记着你绚丽的色彩
我会存留着与你一世的美好缠绵
就像叶子曾经爱恋着的枝头

我看着你优雅的姿态
我听着你静静的呼吸
我想以我最大的真诚滋润你
让你永远鲜艳，永远靓丽

是的，我愿做你怀中的露水
哪怕我很快地消失
但我相信，这绝对是美好的

我感受着你的抚摸，这就足够

就让我钻进你的怀里吧
带上你生命的所有气息
喂养我饥渴的灵魂
抚慰我今天的忧伤

给我的孩子

孩子，你懂得天空吗
天上有一种叫作星星的东西
在我们的头顶纷飞

不过，天上也有阴谋
天上也有陷阱
星星前进的方向也有错误
看那燃烧的火光，就是毁灭

孩子，你懂得道路吗
道路上有一种叫作路标的东西
在我们的眼前竖立
不过，路上也有烟尘
路上也有陷坑

路标竖立的身影也会倒塌
我们前行的脚步也会乱了方向

孩子，你懂得心吗
心中有一种叫作良知的东西
在我们的生命里伴随
不过，心中也有阴翳
心中也有毒瘤
良知的呐喊有时也会嘶哑
我们也会被自己拷问，甚至审判

孩子，远行了
你要懂得很多很多
请你记住——
掉到陷阱里的
有星星，也有路上的人

鹰的表白

天很高远，我飞得很累
一双翅膀，在风中磨得光秃

不，不要称赞我

我不想做英雄
我是飞得高，看得远
但我绝不想被恶意的人利用
也不想和强者并肩

高处不胜寒
我知道一次又一次的袭击向我扑来
我只能栖身在这高高的山崖上
孤独地喊几嗓子

阳光射进了山洞。我承受
这是我的忧伤。但我必须出去
只有在艰苦的搏击中
我才能让孤独遁逃，忧伤隐退

写　诗

这是一个忧伤的午后
院子里的一束月季静静地开放
一大片阳光被上帝安置在了一面墙上
还有我这个孤独的写诗人
被一些莫名的情绪关进了窗内

我不知自己写些什么，只是有一些冲动
一束花比我自在，它不必承受太多
一片阳光比我安静，它不会忧伤很久

不知什么时候，一只蝴蝶贴在了窗子上
我很惊异，想了想，她也许是看上了窗内一束花
哦，鲜艳欲滴的假花欺骗了她，也欺骗了我

是的，蝴蝶是多么美丽的东西
花儿是多么美丽的东西，即使是一朵假花
但是美好的东西往往被一些物什阻挡
接近的目光，伸出去，不得不缩回来

整整一个下午，我在写诗
写诗，就是这个情况
我总想把一些美好的东西留进诗行
却又总是这样忧伤不已

给一颗星星

我把这严冬之夜的梦境寄给你
我窗头守望的星星啊
我在梦里飞翔着
也如一颗凄美的星星

四周突然燃起大火
我的同伴慌乱四散
而我呢
我被丢弃进一个黑洞
孤独像阵阵夜风向我袭来
恐惧像股股海浪向我扑来
我前行没有道路
我呼喊没有回应
我的惊恐不安的一夜啊
尽管这只是在梦中
可是醒来，我的心情格外沉重
人的一生如流星划过天际
谁能让耀眼的光芒
照亮大地
谁能又夜夜守在爱人的窗前
抚慰心灵
一切都如这夜中梦景
孤独和恐惧早已划成人生的两道伤痕
隐入岁月的记忆

赠一只小鸟

我能否把自己赠给你
我的陌生的美丽的小鸟啊

我是被人折断的一根枝条
我的身上还存有几枚叶片
甚至还有一只虫子
在咬噬我的心灵
可我还有生命的渴望啊
我能否去做你那栖息的场所
或者去做你筑巢的木棍
还是编织你梦想的材料
我的远方欢歌的小鸟啊
我诚恳地把自己献给你
只希望你的美丽，你的歌声
能再给我一夜的愉悦
能再一次抚平我心灵的创伤
我是被折断的一根枝条啊
但我还想作为大树的一部分
作为尘世里生命的拥有者
拥有一世的感情，一世的梦想

想到玉米

这些金黄色的玉米粒在太阳下炫耀
饱满的果实，生命的成果
这一株株顽强的高秆植物

不怕干旱，不怕风雨
健康、旺盛、充满活力

我不如它们，我活得太单薄
我来不及接受上苍恩赐给我的一切
就已经两鬓斑白，心力交瘁
我也来不及消受这尘世的一切
我生命的果实太瘦秕
看到玉米，想起我的父老乡亲
怎样以承受无情的苦难的勇气
怎样以一种不死的奢求
匍匐于大地

而在远方，在一所城市
我常常把生命理解得很卑贱
我的生活粗糙得如同没有翻耕的土地
种下的果实不论收成

我有时也曾想跪在这大地上
向上苍祈祷，向上苍忏悔
上苍啊，我是你唾弃的孩子
我不配向你炫耀什么

吞噬

这是西部的一座小城
我们都生活在这条街市上
数不清的门窗打开着，好像吞噬什么

人们来来往往，进进出出
钞票花去了，灵魂丢失了
有时候，我就看到一些空壳的躯体
幽灵般游荡在大地

是啊，这里流淌的是欲望
是啊，这里出卖的是邪恶
是啊，许多人眼睛已经分不清色彩
是啊，许多人脚步已经相当错乱

音乐茶座里，浮起的是沉闷的低俗
疯狂舞池里，旋转的是扭曲的灵魂
举起的酒杯，碰撞出的是贪婪的感情
高声的喧哗，飞溅出的是粗野的音符

我看到，道德正如秋天的枯叶在滑落
我看到，信仰正如夏天的流云在消逝
早晨我醒来，还在迷茫中迷茫

夜晚我睡去，还在惊恐里惊恐

有时候，走在大街上
我看到楼层越来越高，橱窗越来越亮
但是我的心越来越沉，我的留恋越来越多

下　棋

在这纵横交错的道路上
我是如此的慌乱
整整一个下午，我落下的棋子
像秋风里惊落的花瓣

我知道我的思绪不在棋上
早晨，在卑劣的街角
我遇见一个久别的曾经爱过的姑娘
我突然明白，这纵横交错的道路上
我和她都是被上帝安放的一枚棋子

我的忧伤常常就是这样来的
我手中拿着一枚棋子
就像多年前安排着一位姑娘
我深爱着她，却无法给她一个漂亮的位置

后来，她被另一种想法做了安排
我的目光就编织成了道路
她就成了我想象中的棋子
其实我早已乱了方寸
下棋，多年来总是毫无章法

整整一个下午，我在下棋
说白了，我是在和一种情绪较量

在某茶座

灯光弥漫，音乐渐起
一支爱情的歌唱得缠缠绵绵
我坐在这又一次和自己干杯

不，别把我看成失意的男人
我只是不想把时间交在另一位女子的手上
我也不想让时间泡得自己失去原味
在奔忙的间歇里，我在这里坐一坐
品品我自己活的滋味

一支歌很久没有唤起感情了
一杯酒很久没有清醒灵魂了

一个姑娘，靠我坐下来
娇声娇气地请我喝酒

我还能让谁再一次地垂青
我不想把自己留在一些人的目光里
也不想让一个邪恶的词
重新定义

许多的日子里，我一次又一次地堕落
又一次又一次地高尚

雪　天

这是一个少有的大雪天，在这北方的冬天
清晨起来，外面的一切都变得这样干净，这样纯洁，这样宁谧
在这尘世里，我一再地看到的是肮脏，是污浊，是喧闹
现在，这儿空气真好，视野真好
我甚至不想走上去，破坏了这种美好

远处的一切，不再分得清界线
树木、房屋、田园……都成为了一体
我深入的心境有着无法察觉的一丝欢愉

这让我想到捧起清洁的圣水
还能有什么恶意的想法

那么，这样的清晨，最好来看雪
看雪，不是用眼睛，而是用心灵
当污水向你泼来，你以雪色的记忆回击
当喧闹向你袭击，你以雪地的宁静拒绝

走近一片空地

这是一片空地，巨大的虚空在这里弥漫
这里没有禾苗，没有小草，连小鸟也很少飞过
我在这里观察了很久很久，也想了很多很多
上苍啊，我的思绪如此慌乱，此刻究竟该种下什么

是的，每一个生命都需要爱抚
这个黄昏需要，我需要
夜幕就将包裹这里，黑暗会让一颗心无助
会让情感寻不见入口。回家的小径谁能指给我

妻子和孩子们还在等着我，可是我无法面对
我的心情很坏，烦心的事太多，我一再地忧伤
不想把这一切带给他们，不想伤害爱我的心

空地真好，正好在这里默默地安抚今天最后的时光

不错，我就常常站在这里，这不是第一回
空白也许最好，可以填补许多东西
我这样想，但我不是神，我做不了主
我只能在这里看看想想，然后走回家去

四周完全静了下来，时间跨越了生命的又一个阶段
我不能指望谁，我也得不到谁的垂青
空间变得更大，可还是装不下我的心
一颗星星最先出来了，让我惊讶它的清冷

这时候，谁能等在路口，把我拦走
这时候，上帝能否伸出一张手，划开这沉沉的夜幕
黎明肯定会到来，太阳也还会一片灿烂
但不知我的心是否流浪在外，让自己总是浩叹

在秋天

在秋天，稻谷飘香，百草结实
果实向时间证明了一年的承诺
我站在这一望无际的田野上
我不知向岁月承诺什么

我也如这大地上的植物
我有生命，还有灵魂
太阳依然照耀着昨天和今天
我们都一再地接受这上苍的恩泽

我有幸从父兄的手中，接过一句叮嘱
到远方的一座城市里去耕种我的田地
我是一个农民的儿子，我秉承了父辈的善良
但在这欲望横流的街市，出售更多的是灵魂

这块古老的土地上，我的父辈们在劳作
我无法选择，只能接受他们的品质
我堕入罪恶的设想，被父兄的叮嘱一次又一次地浇灭
然后，在一个花季的早晨种下希望，并求美好

可是，时至今日，我勤苦耕耘的田地，收成微薄啊
我种下的种子总是被一些贪婪的鸟啄去
我生命的枝头上开出的花也总被风雨摧残
守在自己的田野上，我常常泪流满面

上苍啊，我是一位耕耘者，
我在春天眺望着秋天，可一路的尘烟
让我的目光无法穿透，时间流逝
等到秋天到来，我跪在这丰收的田园里，
内心荒凉得如死寂的戈壁

父亲啊，我不是你值得炫耀的儿子
我的灵魂还纯洁，但生命的果实
我无法挨到饱满、硕大
交给你的是这一把粗秕的谷穗
请你收下，请你原谅

田垄上

我又一次看到这闪着青光的铁器
我又一次倾听到这嚯嚯的声音
我感觉好像有一种力量向我袭来
我心里一惊，站在田边默默无语

这是一把父亲手中磨过多年的镰刀
每一次收割，我都想这镰刀能收割来富有吗
可是父亲从那条坡地走过，步履蹒跚
来不及停住，就让自己的年龄顺势下滑
如今，父亲老了，下不了地，只能磨磨刀

我看着这把刀，像一场凌厉的风掠过
心里波浪滚滚，却不见庄稼
我的收成在哪里？我不停地在问自己
我也在顺着一条斜坡向下滑啊

我也停不住脚步，一路风尘
我看不清风景，我也不明白方向
此时，我靠在西坠的太阳边
我已经疲惫得像那片倒伏的麦子

父亲啊，假如我也是一片田地
我该种下去什么
假如我已是一粒种下的麦子
我不知夏天到来，是否也饱满
假如我又是一把镰刀
我是否已经卷刃，已经锈迹斑斑

收获季节

这又是一个收获季节
我的父老乡亲们佝偻着身体
在辛苦地收割一年的庄稼

他们背负一轮骄阳，庄重地向大地
一步一叩首，一步一流汗
这是多么艰辛和真诚的感谢啊
那饱满的玉米带着灿烂的笑容
那沉甸甸的稻穗低头感谢着乡亲

这是一种付出得到的回报
这是一种责任带来的恩情

我是远离劳作的读书人，在城市里
我一再地在回忆和想象里亲近田地
那一把闪着青光的镰刀我多年没有抚摸过
我的手还能让它舞动吗，还能让它跳跃吗

我在城市里，我心灵贫瘠得如荒芜的田地
我年年都想收割什么，却什么也得不到
站在这田边，我心情沉重，失魂落魄
父亲啊，我该怎么向你交代

海　边

站在高高的山崖上
看着浩渺无垠的大海
我就如港湾里那搁浅的一只小船
任凭风浪拍击，岁月腐蚀

是的，谁的身躯不能破旧
谁的感情不会斑驳
一根生锈的钢绳将一条船拴牢

主人的影子谁能寻见
逝去的往事谁能讲述

是的，我游走的爱情谁能捕捞
我停靠的码头谁来修筑
扑来的浪，我拦不回去
袭来的风，我躲不过去
光阴里，我就是一条搁浅的船
我出海的希望，被现实牢牢羁绊

是的，船在光阴里呼救
我在时间里挣扎
明天，也许后天，风浪过后
深重的伤痕会向你我证明——
一切的荣耀浸透着苦痛
一切的成果沾满了鲜血

坐井观天的那只青蛙

那只青蛙坐在井里太久了
太久了。他有些疲倦
天始终是那样大
只有想象可以不受限制

但想象也在想象里疲倦

高高的滑滑的井壁
向他提出了一种挑战
爬上去，爬上去，这是生活的一种高度
青蛙动心了，有了勇气

一个月，不，也许是一年、两年
艰难地爬行，命运的改变
血肉铸就的四肢
证明了信念是一种伟大的力量

爬上来了，爬上来了
游井了小河，游进了大海
一个巨浪向他扑来
一个旋涡想要将他吞噬

他不是他的主宰者
在浪里，他必须选择一种方向
在饥饿里，他必须选择一种忍耐
在敌人面前，他必须选择一种活法

我安身立命的家在哪里
他不止一次地问自己
滔滔江水，滚滚海潮

这是对他最好的回答

回去吧，他无奈地又爬回井里
井里很平静，他可以静静地假想
井里很狭窄，他可以把一种心思放大
世界在他的心中多大，只有他知道
后来的评说，都是妄语

在街市

这高楼林立的街市，道路浮动
熙来攘往的人，逐起滚滚红尘
我不是一条灵动的鱼，我不敢游
在这不断的人流里，我更像是一根漂浮的水草
我不知道自己是否能被一只手牢牢抓住
作为救命的稻草，也不知道是否能让自己
缠住一些什么，比如捕获的目光
哪怕仅仅是一条多情的小鱼，能在我的身后躲一躲

在这涌动的人流里，我挤不出去
只能随波逐流，我不知走向何处
向前、后退、靠边，生活就是这样
在一些愿为大鱼小鱼的河流里，一根水草

还能有什么不可企及的奢求
就是那高悬的太阳，还能透过缝隙
照在我的身上，让我得到一些暖和
我也是一个生命啊，在这人流里
我坦然地接受上帝的爱抚或者怪罪

我可能被一些奇怪的洞穴卷进去
可能得到一个残缺不全的灵魂
但今天，我努力地划动在这人流里，只求安静
哦，上帝啊，让我静静地活着
想一想自己美好的事情吧
明天，我即使得到惩罚，我也愉悦

关于休息或劳神

就是这些柔软的流云
我认真的看了一个下午
我是来休息的，躺在这一方小小的阳台上
接受阳光的爱抚，我总觉得是惬意的事情
是的，有一大块云，像是一座高山
山是幽深的，我看不透
就如我看不透一位姑娘的心思

几块云影向我靠过来
几种想象向云飞过去
整整一个下午，我始终在追逐着那块云彩
仿佛云舒展腰肢的声音，我也听得到
远处，一群白鸽在城市的上空盘旋
那是一种自由，我一直做着那样的企盼
但此时，我只能把这副躯体禁锢在这阳台上
但此时，我只能让一些想法飞翔在这时光里

黄昏临近，我还在一种想象里飞翔
一片灰色的羽毛，突然盖在了我的身上
陡然一惊，一丝凉意透彻脊背
我不禁问自己——
秋风里，我是上帝遗弃的哪片羽毛

第五辑◎思想的碎片

世 事

世上的事，都是新的
从人的脑子里过一过
都不一样
就像今天拍电影
全都是翻新的
曾经是树根
后来也可能说是毒蛇
曾经是毒蛇
后来也可能说是井绳
曾经是井绳
后来也可能说是皮鞭
曾经是皮鞭
后来也可能说是旗子

秘　密

云外面是什么
天外面是什么

书里面是什么
心里面是什么

读的人很多很多
懂的人很少很少

睁睁眼就知道的秘密
却闭着眼胡说着真相

想一想就懂得的秘密
可睁着眼歪曲着本意

一只鸟飞过

一只鸟飞过后
水里的月亮动了动

站在水边的人
看到的是月亮
不是鸟，也不是水

影子和波纹
分不清的原因
是眼睛本身，不是背后的光线

贞　女

我不相信
贞女的心
像古井的水

跳下井去
有水，就一定有波澜
我敢说
孟郊写《烈女操》
是被骗了

注：孟郊《烈女操》：梧桐相待老，鸳鸯会双死。贞妇贵殉夫，舍生亦如此。波澜誓不起，妾心井中水。

婚　姻

把捕捞的网织好
想从你的眼睛里
捕获什么

结婚后，捞了半生
我只捞到一句——
淹死你

生　活

真累了。停下来
靠在生活的船舷边
仔细打量——

苦海里，千帆竞发
死尸漂浮
摆渡的人努力
泅水的人拼命
等待的人落水
靠岸的人昏死

不　幸

一条狗
在身后狂吠
然后扑上来

我钢做的假肢
磕崩了两颗狗牙

牺牲品

爱情的怀抱里
我做了温顺的羔羊

正因如此
今天，婚姻的供桌上
有我血淋淋的头颅

街上的橱窗

都做了化装的
是不是情人的眼呢
又像刚刚投下的诱饵
又像张着信子的毒蛇

这里应该还有埋伏
比如说一只手暗藏在背后

当然，这总是亮丽的
上前打量的心思很多

总有人盯着
总有心思动着

就这样，尘世浮华了
就这样，人心乖戾了

人　生

思前想后

来生
我该不该做人

尘世里
我被上帝当作了猴耍
我上演了许多荒诞的节目
然后多次被人驱使
端着盘子收钱

这一生

话在话中
心在心中
感情在光阴里
泡着、尝着、苦着

夜晚的泪
梦中的血
一世的滋味
上帝的恩情

爱　你

道路是河
目光是线
相思是饵
钓你

多年了
你总不上钩
转身而去
突然感到
我被一个熟悉的声音
钩住

浇灌一棵小草

这棵小草是纯洁的，只是有些瘦弱
我走过去，掬起一捧水
洒在她的身上

我不企求还一世的眼泪
我承受不了那沉重的爱

想起林黛玉，我就想——
怀一世恩情的事，上帝不该恩准

创　业

把伸出去的手臂
抽回来
才发现
手臂上
早已伤痕累累

奔　马

路断了
马还在自己扇起的风里跑
后来
人们在断崖下
错误地立起了一块石碑
碑上写着——
悬崖勒马

给 Y

我愿意
躺在你的怀里
幸福地死去

我不愿
跪在你的脚下
痛苦地活着

夫 妻

灯光中，俯下身去
吻你
突然发现
你太陌生
突然明白
我太荒唐

人

笑容没有给眼睛承诺
舌头没有给结果承诺

爱情没有给牵绊承诺
往事没有给愉悦承诺

是的，有关承诺的话语
不过是欺骗自己的谎言

可是，一厢情愿的事儿
有人为何想了多年
为何忧伤了多年
为何痛苦了多年
为何从没打算放弃

你告诉我
这算什么

哭

天哭了，流出的水叫雨
人哭了，流出的水叫泪
一场雨，洗尽了大地
一串泪，洗尽了灵魂

别笑话，哭鼻子的事
样子难看
我们难受
但那绝对是一件好事
比如说，天撕扯着一大块乌云哭
比如说，人撕扯着自己的脸面哭

我和你（组诗）

一

道路是拦你的河
我却溺死在河里
目光是看你的线
我却缠死在线里
爱情是治疗想你的药
我却毒死在药里

二

靠近我，你蓄势待发的
不仅仅有烙向我嘴唇的热吻
也有烙向我心中一生的迷恋

我知道，昨天，你烙得我心痛
但是，今天，我还是希望你狠狠地一烙

三

再见你，我一再地对自己说——
安静吧，让一颗受伤的灵魂
可是我还是扶不住一只眼镜
我的心在颤抖，好像一场风暴
即将再次来临

四

从遥远归来
我在门内，你在门外
我们像隔山的两棵老树
遥望了千万年
突然，所有的枝叶紧紧地缠在了一起

五

对你的感情
我可以说
绝对不会像一本书，发黄了
也绝不会破烂了，过时了
我几毛钱处理掉

六

请把所有的微笑都留下
请把所有的眼泪都收回
有一天，我撒手归去
突然暗淡下来的目光
会把你摄成最靓的一张图片
藏在眼睛深处
突然沉默下来的嘴巴
会把你想成一个最美的词儿
藏在舌头底下

七

等着
来世的路上，我会做一名劫匪
我柔软的舌头，会是一根绳索
缠着你，你别想逃走
假如你也愿意用一片舌头来缠住我
我当然欢迎

八

千万年之后

你从地下挖出我的化石
会看到我仰着头，张着嘴
我仿佛喊一个人名字的那个样子
你也不难看到
化石里
我流出的最后一滴泪
血色的，像颗心